coleção fábula

SYLVIA

MOLLOY

DESARTICULAÇÕES

seguido de

VÁRIA IMAGINAÇÃO

tradução
PALOMA VIDAL

editora 34

DESARTICULAÇÕES
Desconexão, 9 Retórica, 10 Lógica, 10 Questionário, 11 Tradução, 11 *Identikit*, 12 *Running on empty*, 12 Que goza de boa saúde, 12 Liberdade narrativa, 13 Despedida, 13 Erótica, 13 Trabalho de citação, 14 Cegueira, 14 Expectativa, 15 Aniversário, 15 Rememoração, 16 Listas, 16 Da propriedade na linguagem, 17 Re-produção, 18 Desencanto, 18 Silabar, 18 Punho e letra, 19 Da necessidade de uma testemunha, 19 Como um cego de mãos precursoras, 20 Nomes secretos, 20 Colaboração, 21 Gata, 21 Gostos do corpo, 22 Bonitinha, 22 Finanças, 23 Rodeio, 23 Ser e estar, 24 Passagens de memória, 25 Fratura, 26 Que não lê nem escreve, 27 Que lê e escreve, sim: talvez, 27 Alfajores III, 27 Projeção, 27 Graças, 28 Premonição, 28 Voz, 29 Língua e pátria, 29 "Vai ou vem este instante?", 30 Voltar, 31 Interrupção, 31

VÁRIA IMAGINAÇÃO
FAMÍLIA, 35 Casa tomada, 35 Curas, 37 Costa atlântica, 38 Homenagem, 39 *Schnittlauch*, 39 Saber de mãe, 41 Doença, 43 Parente, 44 **VIAGEM**, 46 Últimas palavras, 46 San Nicolás, 47 Misiones, 48 1914, 49 Vichy, 51 Patagônia, 52 Vária imaginação, 53 **CITAÇÕES**, 55 Cerimônias do Império, 55 Gestos, 56 Romance familiar, 57 Gramática, 57 Dos usos da literatura, 58 Desmontar a casa, 59 **DISRUPÇÃO**, 61 Amor de irmãs, 61 Filha do rigor, 62 Ruim, 63 *Clair de lune*, 64 Atmosféricas, 65

DESARTICULAÇÕES

Para ML., que ainda está

Tenho que escrever estes textos enquanto ela ainda está viva, enquanto não houver morte ou encerramento, para tentar entender esse estar/não estar de uma pessoa que se desarticula diante dos meus olhos. Tenho que fazer isso para seguir adiante, para fazer durar uma relação que continua apesar da ruína, que subsiste, ainda que mal restem palavras.

DESCONEXÃO
Uma tarde fomos vê-la e, enquanto eu me certificava de que tudo estava em ordem, E. ficou conversando com ela no quarto onde ela passa boa parte do dia, olhando através da janela o exíguo retângulo de céu que resta entre dois prédios. Ela me contou uma coisa que não sei se ela sabia que estava me contando, E. me disse quando voltamos para casa, ela me contou que quando era pequena foi com uma tia visitar uma parente velha, internada em estado muito grave, conectada a uma máquina, e que em algum momento, sozinhas com a enfermeira, a tia fez um movimento com a cabeça, como se assentisse — ela me mostrou o movimento, E. disse, reproduzindo-o por sua vez —, e a enfermeira se agachou e desligou a máquina que respirava pela doente. E que depois foram embora.

    E. me diz que não sabe o que desencadeou essa história, como não sabe se ela percebia bem o que estava contando, mas era como se precisasse me contar isso, disse E., ou contar para alguém, talvez nunca tenha contado para ninguém. Ou talvez tenha inventado, penso eu, perguntando a mim mesma se nos anos vinte já conectavam pessoas a máquinas que as mantivessem vivas, ou talvez isso tenha acontecido mais tarde, e ela conta como se tivesse acontecido quando ela era pequena, para diluir a responsabilidade de matar alguém. Nunca saberemos, é claro, porque ela já esqueceu essa história. E dá no mesmo.

Releio o que escrevi e me ocorre outra coisa, talvez óbvia: e se ela estivesse nos pedindo alguma coisa?

RETÓRICA
À medida que a memória se esvai, eu me dou conta de que ela recorre a uma cortesia cada vez mais requintada, como se a delicadeza dos modos suprisse a falta de razão. É curioso pensar que frases tão bem articuladas — porque ela não esqueceu a estrutura da língua: até seria possível dizer que ela está mais presente do que nunca, agora que anoitece em sua mente — não vão perdurar em nenhuma memória. Hoje de manhã, quando cheguei, ela dormia profundamente, depois da frenética alteração de ontem. Abriu os olhos, eu a cumprimentei, e ela disse: "Que sorte acordar e ver rostos amigos". Não acho que nos tenha reconhecido; individualmente, quero dizer. Dois dias atrás, antes da crise, perguntei a ela como se sentia, e ela me disse: "Bem, porque você está aqui". Hoje ela disse para a enfermeira: "Você está muito bonita, está com uma cara ótima", embora fosse a primeira vez que a visse e a enfermeira não falasse espanhol. Eu traduzi, e a enfermeira se apaixonou no ato. Também se apaixonou no ato, eu me lembro, uma garçonete negra dominicana que nos atendeu um dia em um café, quando ela ainda andava pela cidade sem se perder. A mulher nos ouviu falar em espanhol e, quando dissemos de onde éramos, não podia acreditar, disse que não imaginava que fôssemos latino-americanas, que éramos de "raça fina". Como um raio, ela respondeu "raça fina é a das pessoas boas".

A uma amiga que não a vê faz tempo e que eu levo para visitá-la: "Quer que eu lhe mostre a casa?". E, para nossa surpresa, ela nos leva de quarto em quarto, como se tivesse acabado de se mudar e nós a visitássemos pela primeira vez.

LÓGICA
Ela opera impecavelmente por dedução, de modo que eu comprovo, mais uma vez, que a razão não é necessária para que se pense razoavelmente. Como sempre, ela me pergunta por E., embora a essa altura o nome já tenha se esvaziado para ela; quando a vê, ela me diz, na hora da despedida, beijos

para E., como se ela não estivesse ali. Respondo que E. está bastante cansada, hoje teve um dia longo no tribunal. Como não podia deixar de ser, ela me responde, é verdade que vocês andam atrapalhadas com esse processo terrível. Não, me apresso a contradizê-la, não, como se afugentasse a possibilidade de que suas palavras tenham poder convocatório, não, imagine, é só que ela teve um dia longo no tribunal porque trabalha lá, é advogada. Ela parece ficar decepcionada. Acho que gostava mais da própria explicação, em certo sentido perfeitamente lógica (tribunal, portanto, processo). Com certeza era mais dramática.

QUESTIONÁRIO
Eu me lembro de outro exemplo de lógica, agora poético. Um dia, quando eu ainda a levava à clínica onde faziam avaliações da perda gradual da memória, pedi a ela que me contasse que tipo de perguntas lhe faziam. Me perguntaram o que um pássaro e uma árvore têm em comum. Eu, intrigada: e o que você respondeu? Que os dois voam, ela me disse, muito satisfeita. Pensei que sem dúvida a pergunta tinha sido outra, mas nunca cheguei a saber. Ou talvez não. Quem sabe tenham algo em comum, a árvore e o pássaro.

Ao lembrar desse incidente, há outro que volta, do qual ela não participa. Em uma dessas visitas à clínica, enquanto faziam os testes e eu aguardava, compartilhei a sala de espera com outra desmemoriada, acompanhada por um casal jovem, talvez o filho e a nora. Também estavam esperando que a testassem. Escutei como o casal lhe fazia perguntas, treinando-a para que acertasse. Quem é o presidente dos Estados Unidos? Qual é a capital do país? Eles queriam que ela se saísse bem, que não passasse vergonha. Mas não perguntaram a ela o que a árvore e o pássaro têm em comum.

TRADUÇÃO
Como a retórica, a faculdade de traduzir não se perde, ao menos não até o final. Comprovei isso mais uma vez ao falar com L. Perguntei a ela se o médico estava a par de que ML. tivera uma tontura, e ela me disse que sim. Por curiosidade, perguntei como lhe transmitira a informação, já que L. não fala inglês. ML. traduziu para mim, ela me disse. Quer dizer, ML. é incapaz

de dizer que teve uma tontura, mas é capaz de traduzir para o inglês a mensagem em que L. diz que ela, ML., teve uma tontura. É como alcançar uma identidade momentânea, uma existência momentânea nesse discurso transmitido eficazmente. Por um instante, nessa tradução, ML. é.

IDENTIKIT
Como diz *eu* quem não lembra, qual é o lugar de sua enunciação quando a memória se desfiou? Fico sabendo que, da última vez que a levaram ao hospital, perguntaram como se chamava, e ela disse "Petra". Uma das pessoas que estava com ela viu a resposta como signo de que ainda era capaz de ironia, indignando-se diante da falta de visão do médico, que "não entendeu nada". Penso: supondo que haja ironia, trata-se de uma dessas ironias ditas tristes. Chamar-se Petra, pedra, insensível, a fim de descrever quem se é?

RUNNING ON EMPTY
Em duas ocasiões, produziu-se uma espécie de descarga em sua memória, e surgiram fragmentos desconectados de um passado que parecia para sempre perdido, como ilhas deixadas por um tsunâmi ao recuar. É como se ela acordasse de uma longa apatia com uma excitação febril: fala sem parar, faz perguntas, planos, mostra-se previdente, eficiente. Em certa ocasião, começou a dar ordens, não mandem ainda esse texto para a gráfica, tenho que ver se ainda há gralhas, depois é preciso dá-lo a X., e tenho que falar com a garota que se ocupa das coisas de V. (Não falava de V. fazia anos, mas não me atrevo a perguntar por ela, atenho-me ao seu roteiro.) Sim, digo a ela, não se preocupe, não vou mandar nada antes de você olhar.

Acho que ela não teria dificuldade em corrigir o estilo de um texto, mesmo sem entender nada do que se diz. Eu mesma de vez em quando recorro a ela, é dessa maneira ou de tal outra que se diz? Invariavelmente, ela acerta.

QUE GOZA DE BOA SAÚDE
Na verdade, não me lembro de tê-la visto doente, exceto por algum resfriado, alguma gripe: alguma indisposição, como se dizia em outra época. Quem sabe eu não seja capaz de lembrar dela doente porque durante anos precisei dela sã,

freudianamente *certissima*,* como compensação da minha indisposição e dos meus vaivéns. Agora, quando alguém fala de doenças perto dela, mais de uma vez lhe perguntei por sua saúde, sentindo-me levemente hipócrita, curiosa para saber que consciência ela tem de sua desmemória. Ela sempre me responde a mesma coisa, que nunca esteve doente, quer dizer, que nunca teve uma doença séria, sou basicamente uma pessoa muito sadia, nisso tive muita sorte.

LIBERDADE NARRATIVA
Não restam testemunhas de uma parte da minha vida, essa que sua memória levou com ela. Essa perda, que poderia me angustiar, curiosamente me libera: não há ninguém para me corrigir se eu decidir inventar. Na sua presença, conto alguma anedota minha a L., que pouco sabe do seu passado e nada do meu, e para melhorar a narrativa invento algum detalhe, vários detalhes. L. ri, e ela também festeja, nenhuma das duas duvida da veracidade do que estou dizendo, mesmo quando não ocorreu.

Quem sabe esteja inventando isto que escrevo. Ninguém, afinal de contas, poderia me contradizer.

DESPEDIDA
Ela está dormindo, você pode ir embora. Não sei se ela está dormindo, às vezes ela fica assim. Não, não, está dormindo de verdade, não vê como amoleceu a boca, que está sempre comprimida, você pode ir, estou lhe dizendo. Deixe pelo menos eu dar um beijo nela. Você vai acordá-la, não vale a pena, eu digo a ela que você veio, de qualquer jeito ela esquece logo. Mas não é a mesma coisa, reclamo. Não, não é a mesma coisa.

ERÓTICA
Há pouco tempo, não consegui resistir à tentação de mencionar o nome de H. para ver como ela reagia. Você se lembra dele?, perguntei, vendo que o nome, embora reconhecido, não parecia suscitar nenhum eco. Não, mas se o visse com certeza eu me lembraria, ela respondeu. Pensei: nunca o verá, porque ele mor-

---

* Provável alusão ao resgate que Freud faz, em seu ensaio sobre "O romance familiar dos neuróticos" (1909), do dito latino *"Mater semper certa est, pater semper incertus est"*. [N.T.]

13

reu faz tempo, e ela não reconhece as pessoas nas fotografias. Quem é, às vezes ela pergunta, apontando para uma fotografia da mãe. Pensei também: é o homem que a obrigou a excessos sexuais pouco comuns, excessos que ele me obrigava a observar, vestida, sentada em um sofá diante deles. É uma sorte que ela não lembre; e que não lembre que era eu quem os olhava.

TRABALHO DE CITAÇÃO
Ela lembra de poemas, fragmentos de Aristófanes em grego, algum poema de Darío. As citações surgem de improviso, alguma frase de Borges. Hoje (mas o que é "hoje" para ela?) se lembrou de pedacinhos de versos de claro corte neoclássico, algo que tinha a ver com apresar pela juba o leão ibérico. Por um momento, pensei que provinham dessa parte do hino nacional que não se canta, mas não, eram versos ainda mais belicosos e acidentados. Perguntei por que será que se lembrava desses versos, e ela respondeu acertadamente que devia ser porque havia neles palavras de que gostava quando era criança, por serem estranhas, como o verbo apresar. O que ela me diz é perfeitamente razoável, penso, até inteligente. Como pode ser essa a mesma pessoa que me pergunta, logo em seguida, e pela enésima vez, se está fazendo frio lá fora e se quero merendar, quando mal acabamos de fazer isso mesmo?

Mas as citações que funcionam melhor são as que provêm da doxa burguesa, as que remetem ao código dos bons modos.

CEGUEIRA
Durante um tempo, nutri uma teoria que talvez seja acertada. Lembrava que Borges sempre tivera dificuldade de falar em público, a tal ponto que, quando lhe deram o prêmio nacional de literatura, teve que pedir a outra pessoa que lesse seu discurso de agradecimento. Eu costumava me identificar com essa timidez para falar, eu que mal podia dar aulas e tinha que imaginar que ninguém me olhava para não gaguejar. Até que me ocorreu que Borges só tinha conseguido superar essa dificuldade (a voz que se estreita sem querer sair, e que, quando afinal sai, treme) ao ficar cego, porque então não via seu público, que era o mesmo que pensar que não existia.

Agora, quando a visito, me ocorre o contrário. Falo e falo (ela não contribui em nada para a conversa), e conto coisas divertidas, e invento, já disse, com mais desenvoltura a cada vez. E não é que eu tenha que imaginar a mim mesma cega, é ela que não vê, não reconhece, não lembra. Falar com um desmemoriado é como falar com um cego e contar a ele o que a gente vê: o outro não é testemunha e, sobretudo, não pode nos contradizer.

EXPECTATIVA
Ontem foi, por alguma razão, uma visita particularmente patética, quer dizer, eu fiquei melancólica. São os únicos sentimentos dos quais posso dar conta, os meus; os dela já são quase impossíveis de ler, para além do sorriso ou de uma exclamação de dor. Eu fiquei melancólica; quanto a ela, acho que não ficou nada. Ela estava me esperando quando cheguei, quer dizer, tinham-na preparado para que estivesse me esperando, dizendo-lhe de tempos em tempos que eu estava para chegar, para criar, nem que fosse por um momento, uma atitude de espera. Eu me pergunto o que ocorreria se não lhe anunciassem minha visita, se ela me reconheceria ao me ver aparecer de repente; prefiro não procurar saber. Ontem, quando cheguei, ela estava sentada em um sofá, muito quieta e — como se dizia em outra época, talvez como ela mesma teria dito em outra época — muito aprumada. O fato de vê-la bem-vestida e bem penteada, sabendo que outras mãos a vestiram e a pentearam, aumenta o patetismo, aumenta esse ar de não pessoa que às vezes noto nela, de uma não pessoa — valha o paradoxo — muito digna. O rosto se ilumina ao me ver, estava te esperando, ela me diz, como uma personagem de Rulfo.

ANIVERSÁRIO
Daqui a dois dias é o aniversário dela, trago um presente adiantado, um aparelho de som, porque o dela quebrou, e a música a acompanha quando os livros já não podem fazê-lo. Coloco um CD de tangos que encontro ali, instrumental, mas que ela cantarola, pedacinhos de letras que ainda recorda, *yo adivino el parpadeo, volver con la frente marchita las nieves del tiempo, no habrá más penas ni olvidos, desde que se fue triste vivo yo,** enquanto estuda minuciosamente a mensagem que escrevi em

---

* Fragmentos de letras de tangos muito famosos, "Volver", "Mi Buenos Aires querido" e "Caminito", todos cantados por Carlos Gardel. [N.T.]

um cartão de aniversário, desconcertada, como quem quer entendê-la melhor.

REMEMORAÇÃO
Mais de uma vez eu me pego dizendo a ela "você se lembra de tal ou qual coisa", quando é óbvio que a resposta será negativa, e me impaciento comigo mesma por ter feito a pergunta, não tanto por ela, para quem não lembrar não significa nada, mas por mim, que continuo lançando esses pedidos de confirmação como se jogasse água ao vento. Por que não digo a ela "sabe que uma vez" e conto a lembrança como se fosse um relato novo, como se fosse um relato de outra pessoa que não pede identificação ou reconhecimento? Já fiz isso, conto a ela como certa vez fomos a Buenos Aires juntas e fomos paradas na alfândega porque ela estava levando uma bolsinha com um pó branco, e os agentes não acreditaram quando disse a eles que era sabão em pó, "a senhora acha que aqui não tem sabão para lavar roupa, senhora?", e nos deixaram horas esperando, enquanto analisavam o pó. Ela se diverte, pensa que eu exagero, "eu fiz isso?", ela me diz, com retrospectiva admiração. "Sim, estou dizendo, e outra vez você viajou grátis levando uma estola de *vison* mandada por uma loja de peles para uma cliente argentina." "E dessa vez não sei como você não foi pega, era pleno verão, e você entrou vestindo a pele." Ela continua rindo, meio satisfeita, meio desconcertada.

Não consigo me acostumar a não dizer "você se lembra", porque tento manter, nesses pedacinhos de passado compartilhado, os laços cúmplices que me unem a ela. E porque, para manter essa conversa — para manter uma relação —, é necessário lembrar juntas ou brincar de lembrar, mesmo quando ela — quer dizer, sua memória — já deixou a minha sozinha.

LISTAS
Houve um momento prévio a essas visitas quando, percebendo — se é que a gente se dá conta inteiramente — que ia perdendo a memória, ela escrevia listas de coisas que tinha para fazer ou de coisas que não podia esquecer. Eu me lembro de ter visto algumas dessas listas, uma presa com uma tachinha em um quadro na cozinha, outra entre papéis que me coube arrumar em alguma ocasião, rabiscadas com letra in-

segura, quase ilegíveis, para não dizer incoerentes, listas em que, sem pé nem cabeça, conviviam pessoas e objetos. Elas me faziam lembrar as que minha mãe ditava para mim para não esquecer, anote aí: Enrique, begônias, mesa de jantar, carne moída. Eram listas compreensíveis somente para ela, mas esse é o caso, afinal, de toda lista: se falta o sujeito que a faz, não há quem lhe confira sentido. Aquelas eram, sobretudo, listas que ML. se esquecia de consultar. Sei disso por experiência própria. Hoje, antes de ir visitá-la, passei pela farmácia para pegar algumas coisas que queria levar. Só ao chegar na casa dela me lembrei de que tinha esquecido uma coisa, ou seja, só então olhei a lista.

DA PROPRIEDADE NA LINGUAGEM
"Ela ainda te conhece?", me perguntam. "Como você sabe se ela ainda te conhece?". Efetivamente não sei, mas em geral respondo que sim, que ela sabe quem sou, para evitar mais expressões de pena. Suspeito que, se L. não dissesse meu nome antes de lhe passar o telefone quando ligo ou antes de abrir a porta para mim quando vou visitá-la, eu seria uma estranha para ela. De fato, a menção do meu nome perdeu a capacidade de convocação, não veicula muita informação, ainda que a leve a me perguntar por E. e pelo gato. Mas, até onde sei, ela ignora quem seja E., porque perguntou quem ela era na presença da mesma: "sua coleguinha vai bem?". Quanto à menção do "gato", assim anônimo, é mais uma expressão de seus bons modos. Ou talvez uma lembrança distante de um arquétipo platônico, como se me perguntasse pela gatidade.

Ontem descobri que tinha me tornado ainda menos eu para ela. Liguei e, embora L. tenha lhe passado o telefone dizendo quem estava na linha, ela me chamou de "tu" — de "tu" e não de "você" — durante a conversa.* Foi uma conversa cordial e eminentemente correta, em um espanhol que jamais falamos. Senti que perdera algo mais do que restava de mim.

---

* Referência ao *voseo*, uso corrente do *vos* como segunda pessoa no espanhol rio-platense, que as duas compartilhavam. [N.T.]

RE-PRODUÇÃO
Ao escrevê-la, fico tentada a fazê-lo como ela era antes, concretamente, quando a conheci, a recompô-la em seu momento de maior força, e não em sua derrocada. Mas não se trata disso, digo a mim mesma, não se trata disso: não escrevo para remendar buracos e fazer crer a alguém (a mim mesma) que não houve nada, mas para atestar incoerências, hiatos, silêncios. Essa é minha continuidade, a do escriba. Mas me reconforto quando às vezes ela emerge de seu desprendimento — uma forma de sabedoria, talvez — com alguma impertinência, que a devolve a mim como ela era: espirituosa, irônica, esnobe, implicante, às vezes até maligna. Ela foi isso tudo ou estou exagerando?

DESENCANTO
Pelo telefone, ela me diz algo que nunca ouvi dela, algo que rompe com a serenidade que venho lhe atribuindo, algo que, por um momento, revelaria um reconhecimento do qual não a acredito capaz. Falamos de L., digo a ela que é uma sorte tê-la para acompanhá-la e cuidar dela, e então ela me diz que sim, que é muita sorte, mas que se sente mal por dar tanto trabalho. Mas você não dá trabalho, digo para tranquilizá-la e porque me dou conta de que não se trata de uma frase feita, de mais uma manifestação de seus bons modos. Eu acho que sim, ela responde desanimada. Você está um pouco triste, digo, e ela me diz que sim, bastante triste, com o mesmo tom desmaiado, opaco. Ela reconhece, penso. Ela sabe, penso. Não, não são os bons modos.

SILABAR
Faz tempo que ela inventa palavras, como se falasse consigo mesma em uma linguagem impenetrável. Ontem, quando fui vê-la, ela repetia *jucujucu*. Pergunto a ela o que significa; nada, ela me diz, é uma palavra que inventei. Depois começou a contar as sílabas com os dedos, ritmicamente, JU-CU-JU-CU. Que pena, diz, olhando para o dedo mindinho, tem uma sílaba a menos. Por que você não a acrescenta, sugiro: pode ser JU-CU-JU-CU-JU. Ela tenta de novo, e desta vez há um dedo para cada sílaba. Que sorte, ela diz e sorri satisfeita.

PUNHO E LETRA
Ela é incapaz de assinar o próprio nome, não porque não lembre como se chama (acho eu), mas porque não consegue mais escrever. Da primeira vez que notei isso, ela começou a assinar e em seguida ficou em suspenso, como quem esquece a continuação de um verso aprendido de cor. Desde então, tentei várias vezes fazê-la assinar, com uma desculpa qualquer, para ver se encontra de novo o impulso para terminar o nome, mas foi em vão. Foi embora a letra, o nome escrito, que é outra forma de estar no mundo.

Às vezes, arrumando meus papéis, encontro algo escrito por ela, uma ficha com um título, ou uma anotação que pode ter servido para algum artigo que escrevemos juntas. São anotações que sobreviveram à sua utilidade, mas não consigo jogá-las fora. Formam uma pilhazinha em uma gaveta da escrivaninha, pedacinhos de escrita que me dizem que um dia ela esteve.

DA NECESSIDADE DE UMA TESTEMUNHA
Hoje, durante a hora que passei em sua casa, falei longamente com R., a mulher que se ocupa dela quando L. não está. Pergunto se a capital de seu país é tão perigosa quanto dizem que é, ela me responde que não, não mais do que qualquer cidade latino-americana. ML. assente com um sorriso, como se estivesse acompanhando a conversa, todas as cidades são perigosas, ela diz. Mas a minha era mais, diz R., na época da guerrilha, sei do que estou falando. E em seguida nos conta que foi agente da polícia em seu país antes de vir para os Estados Unidos, agente de investigações, acho que disse, e que fora secretaria de um coronel e também de um general, e que sem dúvida morreram alguns inocentes, mas também morreram muitos guerrilheiros, e fica claro a que regime ela se refere, e ML. sorri como se ouvisse dizer que está calor ou frio ou que está chovendo, e eu penso em como ela teria reagido se realmente entendesse isso que R. dizia com toda tranquilidade, aquilo que me reduzia ao silêncio, aquela coisa surpreendente e terrível que não poderíamos comentar nem compartilhar.

COMO UM CEGO DE MÃOS PRECURSORAS
Quando começou a perder a memória (melhor dizendo: só posso dizer quando eu notei que ela começava a perdê-la), ela começou a usar muito mais as mãos. Chegava a um lugar e começava a mexer no que houvesse sobre uma mesa, uma estante, como uma criança que mexe em tudo, dessas para cujas visitas é preciso preparar a casa, escondendo objetos ou colocando-os fora de alcance. Pegava um objeto na mão e o punha exatamente no lugar onde o encontrara, mas levemente deslocado para a direita ou esquerda, como quem quer corrigir um erro, encontrando a localização certa. Tudo isso em silêncio e com enorme aplicação. Nunca perguntei a ela por que fazia isso, embora mais de uma vez, e de novo como a uma criança, eu tenha dito, irritada, "por favor, não mexa em nada". Não conseguia aceitar que ela tivesse começado a pôr em prática, instintivamente, a memória das mãos. Como a Greta Garbo de *Rainha Cristina*, estava lembrando de objetos não para armazená-los na mente, mas para se orientar no presente.

NOMES SECRETOS
Duas pessoas que se amam inventam nomes para si, apelidos absurdos baseados em algum segredo ou alguma experiência compartilhada que ninguém conhece, nomes às vezes infantis, muitas vezes obscenos, ridículos: é a linguagem do amor, intraduzível. Em um sonho, me vejo falando pelo telefone com A. e de repente E. passa e eu lhe digo uma coisa qualquer usando um nome que antes usava com A. Ao me ouvir dizer esse nome, A. previsivelmente desliga. É só um sonho.

Penso às vezes, quando a visito, que ela tinha um nome para mim, também secreto, que deixou de usar para sempre quando eu pus um fim à nossa relação. Penso, às vezes, que esse nome deve estar em algum lugar dessa memória esburacada, e assim como dizemos Pablo quando queremos dizer Pedro, pode ser que algum dia o nome escape. Nunca ocorreu, e é bem possível que nunca ocorra: a censura provocada pelo despeito talvez seja a última a ir embora, junto com os bons modos.

COLABORAÇÃO

Dias atrás, tive que comentar em sala um romance que não lia fazia tempo, um romance que admirávamos, ela e eu, e sobre o qual escrevemos juntas alguns artigos. Foi em uma época em que as duas estávamos com dificuldade de escrever e optamos por fazê-lo juntas, para ver se a colaboração nos provocava a ponto de seguirmos em frente, por conta própria. Não sei se teríamos feito isso com outro texto, mas esse, em particular, nos desafiava. Sei que o exercício me serviu e eu voltei a escrever com fluência, não me lembro se foi o caso para ela.

Ao reler o romance na semana passada, fiquei surpresa com a nitidez com que lembrava das nossas conversas daquela época; o que eu dissera de tal cena do romance, o que ela dissera, como se eu não conseguisse lê-lo agora a não ser por meio daquela velha leitura que fizemos juntas. Ao comentar o romance em sala, emitindo algumas de nossas observações daquela época como se fossem novas, senti como se estivesse nos plagiando. Ou melhor: senti como se a estivesse plagiando, sendo que ela não se lembra de ter escrito esses artigos, não se lembra de ter lido aquele romance, não se lembra de quem é Pedro Páramo, "o marido da minha mãe" e "um rancor vivo".

GATA

A gata não está bem. A gata que ela recolheu em um 4 de julho, na soleira de um prédio abandonado, apavorada com os fogos de artifício e que ela nunca conseguiu domesticar, não está bem. Penso que quando ela a recolheu já tinha esquecido de como tratar os gatos, esses rituais de sedução também se esquecem quando se perde a memória. Lembro que durante semanas a gata viveu escondida debaixo de um móvel, e ela, para fazê-la sair, a empurrava com um cabo de vassoura, como uma criança teimosa.

A gata acabou piorando, não come mais, se queixa, é necessário sacrificá-la. Alguém se ocupa disso, não eu. Durante semanas, os pratos onde comia, a tigela de água, a bacia onde fazia suas necessidades ficam no mesmo lugar. Ela não se dá conta de que a gata não está mais, deve estar no quarto, diz. Por fim, ela parece esquecer, se é que cabe esse verbo. Por via das dúvidas, nunca falo de gatos quando a visito.

GOSTOS DO CORPO
Durante anos, ela se negou a comer certas coisas, acho que tanto por gosto pessoal como por preconceito burguês. O alho e a cebola estavam vedados, faziam parte de um conjunto que ela qualificava, sem rodeios, de comida de botequim. Na mesma categoria caíam certos pratos, quase sempre ensopados pesados, que costumávamos pedir de propósito, um amigo e eu, quando comíamos com ela, frequentemente com resultados nefastos para nossos estômagos, que ela celebrava porque considerava que lhe davam razão.

Durante anos, também não comeu carne, desta vez não por esnobismo, mas por convicção.

Agora, como se diz das crianças mimadas que de repente mudam, ela come de tudo, quer dizer, dão de tudo para ela comer. Ela não sabe o que come: vi-a levando um pedaço de carne à boca ou uma colherada de sopa de cebola, e me dá uma pena enorme. Às vezes também não sabe o que é comer: me contam que ela se esquece de quando tem que mastigar, e quando não, que às vezes engole pedaços de comida inteiros e outras mastiga o iogurte.

Eu me lembro de outras desmemórias do corpo, a da mãe de N. que, além de ter esquecido como comer, perguntava para que serviam as pernas: ela ria quando lhe diziam que eram usadas para andar. Eu me lembro de minha própria mãe que, suspeito, morreu engasgada (mas nunca quiseram me confirmar) porque esquecera como engolir.

BONITINHA
Você está muito bonita, ela me diz, como costuma fazer quando, ao chegar, me inclino para beijá-la. Você também, digo a ela, também como costumo fazer, como se pela enésima vez ensaiássemos uma cena de uma comédia de costumes. Mas hoje, me desviando do roteiro, acrescento: "Você está bonitinha", e sinto como se estivesse colocando aspas na palavra "bonitinha", tão de outra época. De repente, eu me lembro de uma canção que ouvíamos uma tia cantarolar, minha irmã e eu, e que repetíamos quando crianças, *"yo no soy buenamoza, yo no soy buenamoza, ni lo quiero ser, ni lo quiero ser, porque las buenamozas, porque las buenamozas, se echan a perder, se echan*

a perder".* E digo a ela, você se lembra, com certeza você também cantava quando criança, e canto para ela, e seu rosto se ilumina com um sorriso, e ela canta comigo. E depois, inesperadamente, canta a canção inteira, de novo. E depois outra vez. E depois outra. E outra.

FINANÇAS
Uma vez por ano, o contador vem vê-la para calcular os impostos, o trâmite é sempre o mesmo. A gente o faz entrar, ela o cumprimenta como se soubesse quem é, ele se senta à mesa comigo, vou passando os dados, enquanto ela, do sofá, começa a perguntar o que está acontecendo. Ela se agita quando ouve a palavra "impostos", diz estar preocupada, é preciso pagar esse homem, pergunta, onde está meu dinheiro?, ou, então, tenho dinheiro para pagar?

Em uma ocasião, o contador telefonou para dizer que ia se atrasar, ela atendeu antes que L. o fizesse, falou em inglês, logo desligou e, quando L. perguntou o que ele dissera, respondeu que não sabia. Ficamos esperando, enquanto a toda hora ela perguntava o que estávamos fazendo. Quando dizíamos que estávamos esperando o contador, ela dizia, secamente: "Ele podia ter ligado para avisar que ia se atrasar, que indelicado, não é?". Quando dizíamos a ela que ele fizera isso e que ela o atendera, perguntava: "O que foi que ele me disse?".

Ele dissera que se atrasaria uma hora. Ficamos sabendo quando, uma hora mais tarde, a campainha tocou.

RODEIO
A. me pergunta por ela, não a vê há anos, diz que se lembra sempre de uma viagem à Espanha que fizeram juntas, as duas convidadas para um mesmo simpósio. Gostei de conviver com ela, havia uma cumplicidade, ríamos muito, ela me contou coisas do seu passado, dizia que não era para andar com rodeios, dizia assim, terrível o que aconteceu com o pai dela, não é? Sim, o pai morreu antes de que ela nascesse, eu digo,

---

*   Trata-se de uma canção infantil, que pode ser traduzida como:
 "Eu não sou bonitinha, eu não sou bonitinha, e nem quero ser,
 e nem quero ser, porque as bonitinhas, porque as bonitinhas,
 põem-se a perder, põem-se a perder ". [N.T.]

conhecendo bem a história. Parece que foi isso que disseram a ela, A. me diz, mas ela me contou como foi terrível ficar sabendo anos depois que ele não tinha morrido, simplesmente abandonou a mãe e ela, foi morar com outra mulher.

Sinto como se algo desmoronasse, a tal ponto que mudo de assunto. Como posso não saber a história do pai, se ela a contou mais de uma vez ao longo dos quarenta e cinco anos que a conheço, como pensar que o que ela me disse de sua infância — que depois da morte do pai, de tuberculose, acho, a mãe teve que sair para trabalhar, porque ficaram sem recursos, que ela praticamente foi criada pela avó que vivia com elas, formando um trio feminino valente, patético — é pura invenção, e a morte do pai, uma fabricação necessária para encobrir a ignomínia, o abandono? Mas principalmente: como aceitar que tenha contado a versão falsa para mim, que só agora a doença lhe permita franquear a interdição, e mesmo assim só diante de um terceiro com quem tem pouco contato?

Na próxima vez que a vejo, pergunto como quem não quer nada se ela se lembra do pai, e ela me responde que não, porque era muito pequena, mas se lembra de um dia em que lhe disseram que não iria ao colégio porque seu paizinho morrera, me disseram assim, ela diz, como se desacostumada com o termo, "seu paizinho", e eu disse, o que o colégio tem a ver com isso?, foi isso que eu disse, ela me diz, encantada com sua esperteza infantil. Como na conversa com A., mudo rapidamente de assunto.

Penso: então talvez seja verdade o que ela contou a A. Mas também penso que talvez não seja, talvez A. tenha misturado a história com outra, contada por outra pessoa, ou talvez ML. invente esse anúncio da morte do pai que ela acredita lembrar, embora eu saiba que é pouco provável, o insólito "seu paizinho" é pontual demais. Fico tentada com a ideia de perguntar de novo a ela pelo pai, mas sei que não o farei e que, no fundo, pouco importa. O que me custa aceitar também é que talvez haja outros rodeios dos quais nada sei.

SER E ESTAR
Talvez a maior dificuldade do espanhol, para quem está aprendendo, seja a diferença entre os verbos ser e estar. Lembro das vezes em que, há anos, cabia a mim corrigir, em vão, os "sou

cansado" e "estou uma boa moça" dos estudantes. Mais recentemente, em casa, assisto divertida às tentativas de E. de dominar a diferença. Ontem a ouvi dizer pelo telefone a um amigo comum, falando de mim e querendo exibir seus tênues conhecimentos, "ela é ausente". Dou risada, explico pela enésima vez a E. que não é assim que se diz. Mas pode se dizer, digo a mim mesma, pensando em ML. Ela, sim, é ausente.

And yet, and yet. Hoje liguei para ela, como faço todas as noites, para ver como passou o dia, e como todas as noites ela respondeu: "Sem novidade". Mas hoje houve, sim, novidade: quando L. passou o fone para ela dizendo "É a S.", ela atendeu e me disse: "Tudo bem, Molloy?". Em algum cantinho de sua mente, ainda não sou ausente: estou.

PASSAGENS DE MEMÓRIA
De uns anos para cá — não sei dizer quantos, talvez desde o ataque às Torres Gêmeas, que alterou meus tempos e espaços —, sou visitada com certa regularidade por lembranças distantes. Não é bem isso: não me visitam, antes irrompem inopinadamente e cortam o fio, por si só tênue, do meu pensamento. O que para alguns, suponho, é fonte de um nostálgico prazer ou melancolia agridoce se torna, para mim, uma carga frequentemente insuportável. Eu quero ser dona de minha memória, não que ela tome conta de mim. Esse acosso do passado, quase constante, não só interrompe meu presente, literalmente o invade. Eu acordo e decido me levantar, penso em tomar café, e se apresenta a mim a cozinha da casa dos meus pais, não a minha, onde a cafeteira me espera. Minha casa não se parece em nada com aquela, e, no entanto, quando a imagino — quando, por exemplo, estando no andar de cima, penso no térreo —, vem a imagem do térreo da outra casa, como se a escada que estou a ponto de descer me conduzisse, sem sutura nem hiato, ao outro espaço. E, se estou embaixo, qualquer barulho que ouço no andar de cima, digamos o arrastar de uma cadeira quando alguém se levanta, convoca imediatamente o quarto de costura onde minha mãe e minha tia fazem bainhas, enquanto escutam a radionovela da vez. No começo, essa persistente e desarrumada contaminação me pareceu atraente, possível fonte de relatos. Agora me incomoda; mais ainda, me inquieta.

Eu me pergunto se a perda de memória de ML. tem algo a ver com a exacerbação da minha. Se de algum modo estou compensando, provando a mim mesma que minha memória lembra, lembra mesmo quando não quer lembrar. Eu me pergunto também se não terá acontecido isso com ML., se ela terá padecido também dessa profusão de memória, dessa contaminação entre presente e passado, antes de começar a perdê-la.

FRATURA
Há uma semana, fui atropelada por uma bicicleta e quebrei a perna. Passei dias no hospital, atordoada pelos calmantes, em uma nebulosa durante a qual — me dizem — eu falava animadamente com quem vinha me visitar e abundantemente por telefone. Não me lembro de nada: nem com quem falei por telefone, nem o que disse aos que vieram me visitar. Lembrei, sim, em um desses dias intermináveis durante os quais olhava a parede em frente da cama, com uma volumosa TV pendurada, que ML. quebrara o fêmur uns anos atrás, e que a estadia no hospital a tirara do sério mais do que o normal. Ouvia a mulher que ocupava a cama contígua falar com alguma visita e dizia, incomodada: "Quem deixou essa gente entrar?, é preciso pedir para irem embora". Ou, reparando em uma TV parecida à que eu olhava da minha cama de hospital, nos dizia com grande irritação: "O que essa mala está fazendo aí?, não é o lugar dela, é preciso descê-la daí". Achava que estava em casa e tentava pôr ordem, restaurar a tranquilidade. Não acreditava que a perna operada e agora enfaixada fosse sua, e, olhando para ela, mais de uma vez perguntou de quem era; quando lhe disseram que era sua, disse, surpresa, é mesmo?, como se de repente descobrisse algo.

Na semana seguinte ao meu acidente, que passei em grande medida sem poder me mexer nem ler demais, porque não conseguia me concentrar, a memória começou a trabalhar febrilmente. Lembrei minuciosamente da família da minha mãe, do meu pai, pensei na minha irmã, revivi os anos que vivemos juntas em Paris, revisitei outras longas temporadas em Paris com outras pessoas, vieram a mim, dia e noite, sem me deixar dormir ou me desconectar, pedaços de passado, do trivial ao traumático, com uma insistência incômoda, como se o repouso total e a incapacidade de pensar de modo sustentado criasse um poço sem fundo que fosse necessário — melhor: urgente — preencher para não ceder ao pânico. E penso em ML., que durante sua convalescença não experimentou esse abarrotamento digno de Funes, ML., que nem sequer se lembrava de ter quebrado a perna, mesmo ela estando na sua frente. Penso que talvez nessa ocasião — e só então — ela tenha levado a melhor.

QUE NÃO LÊ NEM ESCREVE
Ao voltar de Buenos Aires, fui visitá-la, levando para ela os consabidos alfajores, trouxe para você um presentinho da pátria, eu disse, entregando a caixa. Ai, que bonito, o que é, respondeu, estendendo a mão para recebê-la, como uma criança ávida. Olhe a caixa, eu lhe disse, e me dei conta de que estava olhando, e me dei conta também de que não conseguia mais ler. Alfajores, eu disse, pensando que chegaria o momento em que também não saberia o que quer dizer a palavra "alfajor".

QUE LÊ E ESCREVE, SIM: TALVEZ
Volto outra vez de Buenos Aires, vou visitá-la, levo de novo alfajores. Coloco a caixa sobre a mesa, é para você, digo. Ela olha a caixa, lê "Havanna" e me pergunta o que é. Aponto para o desenho do alfajor na caixa, e ela reconhece, alfajor, que gostoso, diz, como uma criança contente. Dez minutos depois, apontando para a caixa, me pergunta o que é. Não consegue mais ler "Havanna", mas, olhando a palavra que precede a marca, diz, triunfante, "Alfonsina". Em vão aponto o desenho do alfajor, não sei o que é, me diz.

ALFAJORES III
Outro retorno, mais alfajores. Trouxe um presentinho de Buenos Aires, digo mais uma vez. Ela abre o pacote, olha a caixa, lê em voz alta "Havanna", que gostoso, alfajores, diz.

PROJEÇÃO
Falo de exacerbação da memória, de contaminação de lembranças, de listas para não esquecer e, claro, de esquecimentos. De esquecimentos meus, não seus: para dizer que a gente esqueceu, é preciso ter uma mínima capacidade de lembrança, palavra que, para ela, não tem mais sentido. (Embora

hoje tenha "lembrado" o apelido que lhe deram quando era pequena e só sua família usava: repetia-o maravilhada, como se fosse de outra pessoa).

Nos dias que passei no hospital, depois do meu acidente, tive um sonho estranho. Sonhei que estava com uma conhecida *grande dame* nova-iorquina que morreu há alguns anos. Viva no meu sonho, ela se lamentava por não ter assistido ao primeiro desfile de Saint Laurent, ela que depois o patrocinou com tanto entusiasmo ao longo de sua carreira, ele a chamava *"la plus chic du monde"*, e eu no meu sonho a consolava, dizia que tinha o desfile na minha cabeça e podia mostrá-lo a ela, porque com efeito minha cabeça era um projetor cinematográfico e continha tudo. Em seguida, eu começava a projetar o desfile para ela nos mínimos detalhes, em uma das paredes da sua biblioteca, com minha cabeça transformada em Aleph.

Penso: como em outra época esse cruzamento entre o literário e o frívolo teria divertido ML., como teria entendido esse sonho. Penso: não me atrevo a lhe perguntar se ela se lembra de Borges, menos ainda de Saint Laurent, ela me diria que, se os visse, se lembraria deles.

GRAÇAS

As visitas estão menos divertidas, ela já não está tão engraçada, digo a uma amiga, ela parece mais apagada. Como se estivesse perdendo já a resposta rápida, a capacidade de intervir com uma lembrança intempestiva ou disparatada. Até repete fórmulas, eu conto, coisas como "é por te ver que estou bem". "E você não repete as suas?", minha amiga me diz, com razão.

Também há outra explicação, é claro. Que a horrível originalidade da doente está se tornando, para mim, convencional, outro modo, agora previsível, de se comunicar. Eu mesma entro na doença, em sua retórica, nada mais me surpreende. Isso que teria de ser, provavelmente, um consolo, por alguma razão me perturba. Por que já não vou ter mais sobre o que escrever?

PREMONIÇÃO

Passei por um episódio estranho, que registro aqui porque é o único lugar onde nestes dias falo da memória, da memória de ML., que vai largando pedaços à beira de algum caminho. Durante várias noites, sonhei mal, tendo sonhos dos quais só lembrava algum detalhe (tinham a ver com movimento, com carros que não conseguiam frear, mesmo com o freio de mão puxado continuavam deslizando, implacavelmente, por ladeiras), sonhos que me deixavam em um lugar ruim, desassossegada, tentando lembrar, reconstruir, me agarrar a fragmentos. Mas esse dia foi como se o sonho, qualquer que fosse, continuasse na vigília, como se minha mente, independente de mim, passasse de uma coisa à outra, tentando captar um desassossego concreto, uma angústia por causa de alguma coisa sinistra que estava a ponto de acontecer, mas que já acontecera, alguma coisa que eu não conseguia formular mentalmente nem muito menos pôr em palavras. Senti uma tontura, tive que me sentar, era como se de repente tivesse um buraco no cérebro pelo qual transbordava algo acontecido em um tempo muito remoto, mas não em sonho, e que eu não conseguia lembrar. Sorria, E. me disse, feche o olho direito, levante a mão esquerda, e eu percebi que estava verificando se eu não estava sofrendo um derrame, tudo bem, ela disse, *"It's not a tumor"*, como Schwarzenegger em *Um tira no jardim de infância*, eu disse, sem nenhuma segurança, mas sem perder a piada. Porque alguma coisa aconteceu.

VOZ
Soa diferente. Agora ela fala com uma voz rouca, como se estivesse sempre acatarrada. Melhor dizendo: como alguém que acabou de acordar e fala pela primeira vez depois do sono, com certa dificuldade, a voz em outro lugar, desacostumada à vigília e ao diálogo. A voz de quem precisa pigarrear para clarear a garganta antes de dizer algo apropriado, algo espirituoso. A voz que eu devia ter quando, há muitos anos, ela me ligava quase todas as manhãs e, ao me ouvir, dizia: "Dá pra ver que você ainda não falou com ninguém". Só que nela nada clareia, tudo fica na bruma: com efeito, é como se não falasse com ninguém.

LÍNGUA E PÁTRIA
Com mais ninguém, percebo cada vez melhor, falo a língua que falo com ela, um espanhol por assim dizer caseiro, mas de

uma casa que nunca foi completamente minha. Uma casa de outra época, habitada por palavras que não são mais usadas, que talvez (ou não) tenham sido usadas por nossas mães ou avós, *porrazo*, *mangangá*, *creída*, *chúcara*, *a la que te criaste*, e por expressões de amigos comuns já mortos, *qué me contás*.*
Um espanhol feito de citações, mas que linguagem afinal não é?; falar é buscar cumplicidade: a gente se entende, sabemos de onde somos. A linguagem, afinal de contas, cria raízes e abriga anedotas. Quando falo com outros — compatriotas, suponhamos —, às vezes uso uma ou outra dessas palavras ou expressões, cautelosamente, buscando o reconhecimento. Às vezes, ele se dá; outras, não.

Ao falar com ela, eu me sinto — ou me sentia — conectada com um passado não inteiramente ilusório. E com um lugar: *o de antes*. Agora me vejo falando em um vazio: não há mais casa, não há antes, só câmara de ecos.

"VAI OU VEM ESTE INSTANTE?"
Nunca anuncio para ela que vou viajar, para não a deixar agitada no momento, só na volta conto que estive fora. Durante a viagem em si, ligo para ela quase todas as noites sem lhe dizer onde estou, sabendo que dá no mesmo, que só importa (talvez) o momento de escutar minha voz, não de onde eu ligo ou quando eu volto. Ainda assim, eu me sinto uma farsante, como quando ligo do meu celular mesmo estando em casa e digo que não posso ir a algum lugar, porque estou fora daqui.

Hoje liguei para ela ao voltar e, sabendo que só se agita com o anúncio das idas, e não com o das voltas, disse a ela que tinha viajado e acabara de chegar. Até quando você fica?, ela me perguntou. Com isso ela me desarmou, me fez sentir de passagem, deslocada. Não, não, eu moro aqui, pensei em lhe dizer. Mas a correção não valia a pena. Onde é aqui para ela? (Ou para mim?)

---

* "*Porrazo*" é uma porrada, no sentido de uma batida; "*mangangá*" é um inseto, e a palavra se usa para pessoas irritantes e insistentes; "*creída*" é convencida, no sentido de presunçosa; "*chúcara*" é uma pessoa arredia, difícil de se relacionar; "*a la que te criaste*" é fazer algo descuidadamente; "*qué me contás*" pode ser traduzido como "o que você me diz". [N.T.]

VOLTAR
Ontem sonhei que ela estava como antes, lúcida, a memória intacta. Ela me contava que decidira voltar para a Argentina, para terminar a vida lá. Dizia isso muito serena, como alguém que tomou uma decisão depois de pensar muito, quase contente até. Sorria, mexia a cabeça e sacudia o cabelo, que estava longo, como ela nunca teve, mas apesar disso eu sabia que era ela. Ao acordar, lembrei que, de tarde, eu lera uma narrativa de retorno, em que uma personagem volta ao país que deixou faz muitos anos com a ilusão de reatar — ou inventar para si — a vida que acredita lembrar e da qual sente saudade, uma vida melhor. Em vez disso, encontra um país militarizado, uma prisão arbitrária, e finalmente a morte. E pensei que de algum modo, no meu sonho, estava transferindo a anedota para ela, como querendo corrigir esse conto impiedoso. Porque só o esquecimento total permite o retorno impune; de algum modo, ela já voltou.

INTERRUPÇÃO
Sinto que deixar este relato é deixá-la, que ao não registrar mais meus encontros estou negando algo a ela, uma continuidade da qual só eu, nessas visitas, posso dar fé. Sinto que a estou abandonando. Mas, de algum modo, ela mesma está se abandonando, então não me sinto culpada. Ou quase.

VÁRIA IMAGINAÇÃO

FAMÍLIA

CASA TOMADA
Às vésperas de partir para Buenos Aires, fico sabendo que a casa dos meus pais não existe mais. Na realidade, a mensagem é confusa: chega a mim por pessoa interposta, um amigo que acabou de voltar da Argentina comenta algo com sua mulher, que me dá a notícia: Pablo foi a Olivos e diz que. Não fica claro o que Pablo diz, se a casa foi demolida para construírem alguma coisa nova no seu lugar ou se foi reconstruída até se tornar irreconhecível. As duas perspectivas são drásticas; é claro que, levada pela aparente dramaticidade da mensagem, escolho a primeira e fico indignada. Como é possível demolirem a casa dos meus pais?

Por que Pablo se importa tanto com a casa dos meus pais, sendo que ele é muito mais jovem do que eu e possivelmente nem tinha nascido ou era muito pequeno quando eu fui embora da Argentina? Porque Pablo frequentava um colégio inglês, ao lado dessa casa, e lembrava de como nos recreios a bola dos meninos caía sempre no jardim dos meus pais, e era preciso ir buscá-la pedindo muitas desculpas a uma senhora de certa idade (minha mãe), que sempre os recebia de mau humor. Devo dizer que, quando Pablo e eu descobrimos essa lembrança compartilhada, senti como se recuperasse um parente. Mas eu me lembro daqueles incidentes entre minha mãe e os meninos do colégio com detalhes que Pablo não lembra ou não quer me dizer que lembra. Por exemplo, que minha mãe, saturada pelo desfile contínuo de meninos que vinham solicitar a bola, instaurara um regime de confisco, segundo o qual ela só devolvia as bolas extraviadas às sextas de tarde, depois da aula. Previsivelmente, isso não contribuía para sua popularidade junto aos alunos, que, caso vissem minha mãe no jardim nas horas de recreio, gritavam para ela todo tipo de impropérios, com abundantes referências à genitália própria e alheia. Nessas horas, minha mãe, que tinha naquela época quase setenta anos, adotava poses trágicas ao lado da cerca de ligustro, primeiro dando bronca nas professoras que, ocupadas conversando em um canto do pátio, não vigiavam os alunos ("Senhoritas professoras, chamem à ordem seus alunos que estão me faltando ao respeito") e rogando pragas sem destinatário, do tipo "não sei como eles não têm vergonha, isso não é uma escola, é uma boate". Não, Pablo jamais comentou comigo sobre essas cenas tragicômicas, quem sabe porque não quer ou porque quando ele frequentava o colégio minha mãe já abandonara seu regime de retenção de bolas. Ou quem sabe porque não se lembra.

Me irrita que essa notícia chegue logo antes de eu viajar à Argentina, quando me sinto precária em grau máximo. Uma vez instalada no hotel, saio para almoçar com amigos, eles me perguntam se eu quero dar uma volta, e eu digo, como quem não quer nada, por que não vamos a Olivos. A casa está igual à última vez em que a vi, há uns poucos anos, mudada, sim, em relação a quando eu morava nela (faz anos que os novos donos ampliaram a sala, na direção da fachada), mas ainda reconhecível. Tem até as plantas das quais minha mãe gostava, um *bougainville* na frente, um salgueiro-chorão atrás. Fico tranquila: tudo está em ordem.

Quando retorno, falo com Pablo, digo a ele que ideia mandar me dizer que a casa foi demolida, sendo que ela continua de pé. Ele insiste, mas está totalmente mudada, com dois andares, enorme, e o quintal da frente não existe mais, nem uma árvore enorme da qual eu me lembro muito bem. Mas o quintal e o salgueiro estavam atrás da casa, não na frente, eu digo, e a casa só foi ampliada, continua igual. Ele teima que não, que não é mais a mesma casa, mas outra, e que a árvore estava na frente. Percebo que é inútil insistir no contrário. Talvez os dois tenhamos razão.

CURAS

Ele se chamava Quintana, não me lembro do primeiro nome, mas minha mãe se dirigia a ele assim, oi Quintana, preciso que você venha amanhã (porque Quintana dizia você para todo mundo), as meninas estão doentes. Era enfermeiro e dava injeções em domicílio, não sei bem do quê, de alguma coisa que curava gripes e resfriados invernais. Era uma prática tão inútil quanto festiva, porque Quintana falava pelos cotovelos e era divertido, vejamos, de bruços na cama, minha filha, não chore porque não vai doer nada, quando Quintana espeta não dói, e você sara, mas só se ficar quieta, imagina se eu vou te machucar, pronto, Quintana espetou e acabou, tchau, Quintana vai embora. E, assim, como uma rajada, passava Quintana, de quem lembro pela voz um pouco arrastada, com um leve sotaque provinciano e cheiro de água-de-colônia. Lembro do pequeno aquecedor a álcool em que brevemente fervia as seringas e agulhas, e também que minha mãe deixava prontas para ele umas toalhas brancas de linho, muito bem passadas, para que ele secasse as mãos depois de lavadas, antes de dar uma injeção. De vez em quando, reconhecíamos seu carro estacionado na frente de alguma casa, ou cruzávamos com ele na avenida, e meu pai buzinava e dizia lá vai o Quintana espetar alguma bunda.

Mas principalmente lembro de uma vez em que só eu estava doente, e Quintana, que tinha acabado de ficar viúvo, foi chamado. Ele andava desanimado, ficou muito sozinho, observava minha mãe. Dava para notar na tagarelice, forçada, como uma representação que perdeu a graça. Ele me deu uma injeção (que não doeu) e me disse que estava muito triste, e depois me virou na cama, e desceu minha calcinha até as coxas, deixa eu te ver, querida, e me acariciou dizendo como você se parece com minha mulher, coitadinha, e por um instante apoiou a cabeça sobre meu ventre e me beijou, e eu vi de muito perto seu cabelo com Gumex. Depois se levantou e foi embora.

Não sei onde minha mãe estava nessa tarde. Também não lembro se contei para ela, mas, se não, ela adivinhou, porque Quintana nunca mais voltou. Dali em diante, recorremos a outras curas, igualmente ineficazes, para nossos resfriados e gripes.

COSTA ATLÂNTICA

Duas lembranças se misturam. Férias em Punta Mogotes, criança, em um hotel muito velho, de fachada descascada. Passamos por um outro hotel, perto do nosso, e minha mãe diz, como quem não quer nada, Edda Mussolini ficava ali, Alberto disse que um dia a viu, sempre sozinha. Sei vagamente quem é Mussolini, me dizem que Edda é sua filha, que passou um tempo na Argentina. Imagino Edda Mussolini muito triste, sentada em uma rocha, olhando para o mar, com uma capa escura sobre os ombros. Essa imagem não me deixa: várias vezes peço a meu pai que passemos por esse hotel, olho com atenção para ver se surpreendo Edda Mussolini sentada em uma rocha. Mais tarde me dizem que uma escritora chamada Alfonsina Storni se matou jogando-se no mar, de onde, eu quero saber. Imagino que pode ter sido da rocha onde Edda Mussolini se sentava.

Punta Mogotes era triste, mas não misteriosa. Já Mar del Sur era inquietante, uma espécie de *finis terrae*, com um hotel só, além de intermináveis caminhos de terra. Fui lá com meus pais uma vez, de Punta Mogotes, quisemos merendar no hotel, parecia que não havia hóspedes: éramos os únicos em um refeitório, que na minha cabeça, é frio, embora fosse verão. Um pianista tocava boleros, esse homem toca muito mal, disse meu pai, que ainda não ficara surdo.

Voltei a Mar del Sur em 1987, por curiosidade. O hotel ainda existia, como sempre, mas muito deteriorado. Nos fundos, no que um dia fora o jardim, havia um matagal com escombros, tijolos e pedaços de reboco. Julgamos ver alguém nos espiando por uma janela. Quando entramos, havia duas pessoas no saguão da recepção, que olharam para nós com um olhar vazio, e não pareceram entender nossas perguntas. Tentamos continuar o percurso, mas uma mulher com olhos desconfiados e autoridade evidente foi ao nosso encontro e nos interceptou, dizendo que não podíamos passar. Reclamamos: queremos visitar o hotel, perguntar como se faz para reservar. Ela nos respondeu: o hotel não está aberto para visitas e, por favor, vão embora imediatamente. Pensamos: não é mais um hotel, tem um clima estranho, será um asilo?

Voltei também a Punta Mogotes, mas tudo estava tão mudado que não reconheci nada. Não encontrei o hotel onde Edda

Mussolini ficava. Alguém disse de brincadeira que devia ser o Hotel Sasso, e tive que pedir para me esclarecer a referência.

HOMENAGEM

Plumeti, *broderie*, tafetá, *faille*, seda sem brilho, sarja, piquê, feltro, casimira, *fil à fil*, brim, organza, organdi, *voile*, moletom, *moleskin*, pele de tubarão, cretone, bombazina, tobralco, veludo, sutache, cloque, guipura, lãzinha, cetim, *chiffon*, algodão mercerizado, bramante, linhão, entremeio, seda crua, seda artificial, surá, popeline, *drill*, lona, cambraia, algodão, jérsei, repes, lustrina, nhanduti.

A *Exposición*. A *San Miguel*, de Elías Romero. A *Saída*. Os turcos da rua Cabildo.* As liquidações.

Pala, manga raglã, manga japonesa, *canotier*, corte princesa, traje *trotteur*, saia plissada, saia preguada, saia meio godê, saia-tubo, um plissado grande, boca da manga, pesponto, arremate, uma pinça, uma presilha, alinhavar, as ombreiras, alargar, enfieirar, uma aba, ponto haste, ponto caseado, um festão. A cava, o feitio.

Lembro dessas palavras de minha infância, em tardes em que eu fazia o dever e escutava a conversa de minha mãe e minha tia costurando no quarto ao lado. Reproduzo essa desordem costureira em memória delas.

SCHNITTLAUCH

As lembranças dos anos quarenta, do início dos anos quarenta, me assaltam às vezes com a força dos medos mal resolvidos, desses que deixam uma marca no corpo, como um tremor. À insegurança geral da infância, se acrescenta outra, difícil de definir. Havia uma guerra, na Europa. Lembro de *tag sales* (posteriormente se chamariam "feiras americanas") organizadas por mulheres inglesas em benefício dos Aliados, lembro que em uma delas minha mãe, que não falava inglês e não se sentia muito confortável nesses eventos onde a comunidade britânica se exibia *at its brave and cheerful best*, pois bem, minha mãe comprou para mim um cavalinho de pau, desses que são um cabo de vassoura com rodinhas em uma extremidade

---

* Referência a lojas de tecidos e armarinhos em Buenos Aires. [N.T.]

e uma cabeça de cavalo na outra. Lembro de ouvir minha mãe dizer que meus primos, filhos de uma irmã dela e alunos do colégio militar, só ficavam sabendo dos comunicados de guerra do Eixo. São treinados para serem nazistas, ela dizia, com a satisfação de quem prediz a desgraça. Lembro que no dia 4 de junho de 1943 minha mãe foi me buscar mais cedo na escola, não me deixou brincar no jardim e me fez ir para dentro, apesar do sol radiante. Olhava para o céu, como se buscasse aviões, enquanto me empurrava apressada para a porta de casa. Pensei que iam nos bombardear, como na Europa. Ouvi pela primeira vez o nome de Perón.

Minha mãe tinha uma amiga de família alemã, sobre a qual ela mesma dizia que era nazista, embora ao mesmo tempo dissesse que provavelmente fosse judia. Haviam sido colegas no primeiro e no segundo graus. Ela supunha que Berta vinha de uma família judia, mas não assumia, e se casara com alguém que vinha de uma família com simpatias nazistas, que também não assumia. A evidência na qual minha mãe se baseava quando emitia seus julgamentos era tênue: por um lado, um sobrenome de solteira que frequentemente (mas nem sempre) era judeu; por outro, dizia minha mãe, o fato de que, durante a guerra, aquela família de amantes da música deixou de ouvir compositores judeus, Mendelssohn foi proibido. Não sei como minha mãe sabia disso com tanta segurança, ela, cuja ignorância em matéria musical era exemplar.

Um verão, em vez de irmos à praia, como costumávamos fazer, minha mãe, minha irmã e eu fomos passar uma temporada no sítio de Berta em Pilar. Será que foi para economizar? Será que meus pais tinham brigado? Dormíamos em um quarto só, enorme, minha mãe, minha irmã e eu. Meu pai vinha em alguns fins de semana, não todos; íamos buscá-lo na estação a bordo de um *break*. Berta tinha uma tia velha, que ela chamava de Tante Guitte, e que minha irmã e eu, para nos divertirmos, chamávamos de Tanta Guita,* coisa que ela não achava engraçada. Julgo lembrar que minha mãe andava triste.

Nunca entendi a amizade entre minha mãe e Berta, de quem ela dizia que, além de provavelmente ser judia e nazista

---

* *"Guita"*, em espanhol, é a gíria para "dinheiro", como "grana". [N.T.]

por aliança, gostava muito de se divertir, e que O Alemão (como todos chamavam genericamente o marido dela, inclusive a própria Berta) não ficava sabendo de nada. Penso agora que tanta estrangeiridade, não menos repreensível por ser contraditória — judia, nazista, adúltera —, configurava para minha mãe uma zona obscura, ao mesmo tempo atraente e repulsiva, onde essa amizade florescia. De vez em quando, aparecia um amigo de Berta, muito simpático, que chamávamos de tio Ernesto, e passava a noite. Ele também era alemão, não sei se judeu, não sei se nazista. Dormia com ela.

Lembro, isso sim, um dia em que minha mãe e Berta brigaram, por um detalhe. Minha mãe, que tinha se oferecido para supervisionar a cozinha, acho que em retribuição pelo convite para as férias, preparou um arroz, ao qual acrescentou cebolinha. Berta deixou sua porção quase intacta, minha mãe se aborreceu e perguntou, recorrendo a uma das poucas palavras que conservava da infância francesa, quem sabe por insegurança ou para realçar a importância do prato desdenhado, você não gosta de *ciboulette*? Não gosto de *Schnittlauch*, este arroz tem gosto de boteco, respondeu Berta, achando-se engraçada. Minha mãe saiu da mesa.

No dia seguinte, já eram amigas de novo. Minha mãe me contou que tinha passado uma noite ruim, sem conseguir dormir, lembro que me disse: você não me ouviu? Fiquei dizendo *Schnittlauch* em voz alta até adormecer.

SABER DE MÃE
O francês ocupa na minha vida um lugar complexo, carregado de paixões. Quando criança, quis aprendê-lo porque havia sido negado à minha mãe. Filha de franceses, seus pais mudaram de língua no terceiro filho. Minha mãe era a oitava. Em vez de falar francês com a família, meus avós passaram ao espanhol, falando francês só entre eles. Eu quis recuperar essa língua materna, para que minha mãe, assim como meu pai, tivesse duas línguas. Ser monolíngue parecia uma pobreza.

O francês ganhou novo ímpeto na minha vida quando comecei a estudar literatura francesa. Fiquei deslumbrada com uma professora, meros dez anos mais velha do que eu. Era infeliz no casamento, ou pelo menos era o que diziam. Adaptei meus gostos literários aos seus: Racine era melhor do que Corneille, Proust mais interessante do que Gide. Adquirir essa última preferência foi difícil, como mais tarde foi árduo passar, também por causa de uma mulher, a preferir os cachorros aos gatos, mas o amor pode tudo. Foi difícil porque secretamente me reconhecia mais em Gide: em seu protestantismo, em seus intermináveis debates morais acerca de uma sexualidade que eu adivinhava ser a minha, embora não tivesse certeza, na eficácia de certas frases suas aprendidas de cor, a modo de talismã, que ainda recordo, com maior ou menor exatidão: *"Chacun doit suivre sa pente, pourvu que ce soit en montant"*.* Proust não apelava às minhas preocupações éticas de adolescente da mesma maneira.

Minha professora de francês queria praticar inglês, sugeriu um intercâmbio de aulas. Eu ia à casa dela duas tardes por semana, quando ela estava sozinha. Seus filhos, ainda pequenos, estavam na escola. Fazíamos resumos de livros que tínhamos lido, conversávamos, ela precisava aperfeiçoar sua ortografia e me pedia ditados. Lembro uma vez que abri ao acaso o livro que ela estava lendo e comecei a ditar um parágrafo qualquer, sem prestar muita atenção no conteúdo. Só lembro que, ao chegar a uma frase que dizia que a protagonista *"gave a low, sexual laugh"*, ou algo do gênero, fiquei perturbada, mas consegui continuar. Eu tinha medo de que ela percebesse alguma coisa, que pensasse que eu escolhera o trecho de propósito. Sempre pensei que esse livro era *Tono-Bungay*, de H.G. Wells, não sei bem por quê. Até hoje não localizei a frase.

Chegou o dia em que minha professora anunciou que ia embora da Argentina. Seu marido, funcionário consular, tinha sido transferido para Istambul. Tivemos nossa última aula de conversação, depois o marido chegou, me ofereceu algo para beber, e a bebida me subiu à cabeça. Na hora de me despedir, não soube o que dizer, desajeitadamente dei um aperto de mãos, formalmente e em silêncio. Essa noite dormi mal, chorei. Fui surpreendida pela minha mãe, a quem eu disse apenas que estava triste porque não tinha me despedido adequadamente de Madame X. No dia seguinte, minha

---

* "Cada qual deve seguir sua inclinação, contanto que seja para cima". [N.T.]

mãe apareceu com uns brinquedos. São para as crianças, ela me disse, leve para elas, diga que ontem você esqueceu. Assim você pode dar o beijo que não deu em Madame X.

DOENÇA
A relação com a doença é sempre complicada, mediada por temores, negações, conjurações. Quando crianças, a responsabilidade da doença repousa na mãe, é ela quem determina que estamos doentes, consultando previamente o termômetro. A mãe, não o corpo do filho. Quando crianças, estamos doentes, mas não sabemos dizer "estou doente". Quando adultos, também não: pelo menos esse é o meu caso. Tive câncer duas vezes. Nos dois casos, extraíram de mim um tumor. As pessoas me perguntavam pouco depois, como você se sente? E eu respondia: "Bem", mas a verdade é que eu não deixara de me sentir bem — quer dizer, de sentir que meu corpo não tinha nada —, a não ser pelo fato de que tinha câncer. Eu me sinto bem: tenho câncer. O presente do verbo me incomodava, perguntei a quem me atendia como eu devia me referir à doença, se devia dizer "tenho" ou "tive". "Tive", me respondeu com firmeza. Mas três anos depois "tive" outro.

Esse é um território perigoso, eu sei. Com a doença não se brinca, nem mesmo para contar suas visitas. Talvez eu devesse me calar. Mas hoje meu lado direito está doendo, estou desanimada, e meu corpo está muito presente. Hoje me sinto doente.

Lembro de uma mulher que morava a um ou dois quarteirões da casa onde fui criada. Nós a conhecíamos porque suas filhas iam ao mesmo colégio que minha irmã e eu, mas o contato não ia além de um cumprimento cordial e de uma ou outra conversa entre ela e minha mãe. Ela era muito bonita. Minha mãe admirava seus movimentos, tão bonita, tão ereta, dizia, tão atlética, e eu julgava adivinhar no último adjetivo (mas não nos dois primeiros) certa desaprovação. Pela janela, enquanto minha mãe e eu almoçávamos, víamos quando ela passava, "lá vai a mulher do Gómez", dizia minha mãe, "olhe que erguida, parece a dona do mundo". Não me lembro tanto do seu jeito de andar como do fato de que tinha quadris muito estreitos, como um rapazinho.

A mulher do Gómez, que se chamava Lucrecia, nome enormemente sugestivo para a adolescente que eu começava a ser, foi diagnosticada com câncer de mama. Nessa época, a solução, se é que cabe chamá-la assim, era radical: extraíram as duas. Ela se recuperou rápido, e voltamos a vê-la passar pela calçada de casa, sempre erguida. "Olhe a mulher do Gómez", minha mãe dizia, "de novo tão bem-apessoada, tão ereta, tão segura. Mas", acrescentava solenemente, como se tivesse praticado essa frase muitas vezes, "o câncer não perdoa." Minha mãe, especialista em enumerar (e talvez gozar de) desgraças alheias, adjudicando-lhes um leve valor moral.

Mais de uma vez pensei nessa frase quando tive câncer, quando ia diariamente ao hospital. Recalquei a sala de radiação, o rosto dos enfermeiros, até a maca onde, eu sei, me estendiam para receber os raios. Em vão tento lembrar, mas minha memória só chega até a sala de espera, depois se confunde, embaça. Lembro, sim, do som da máquina de raios, mistura de cigarra e estertor. Disso, e da frase da minha mãe.

PARENTE
Frequentemente recorro aos buscadores eletrônicos, menos para me informar do que para encontrar algum detalhe interessante, alguma fofoca. Quando criança, fazia a mesma coisa com a lista telefônica. Buscava o sobrenome do meu pai para ver quem mais, em Buenos Aires, o tinha: a tarefa era ingrata, já que o sobrenome, comum na Irlanda, era raro na Argentina. Também buscava o sobrenome de solteira da minha mãe, que tinha parentes, e encontrava seus irmãos, meus tios, e às vezes uns primos. Depois buscava sobrenomes de meninas do colégio, sobretudo dessas meninas de quem não era amiga e que secretamente invejava, para ver como seus pais se chamavam, onde viviam. Aprendia de cor os números de telefone das minhas favoritas, e, às vezes, na presença de alguma, mencionava o nome da rua onde ela morava, digamos, Juncal entre Rodríguez Peña e Montevideo, para ver a reação.

Quando descobri a possibilidade de usar os buscadores eletrônicos, recuperei aquela curiosidade, aquele prazer vicário de espiar o outro. Busquei de novo sobrenomes de família, desta vez com menos sucesso, já que, pelos dois lados, sobram poucos parentes e, é preciso dizer, não são famosos. A lista telefônica era uma agrupação democrática: para constar nela, bastava ter telefone, o que talvez fosse um pequeno luxo na

Argentina de então, mas um luxo compartilhado por bastante gente. Já o buscador só fornece nomes que são notícia. Sob o sobrenome paterno, encontrei alguns atletas, o nome de um *college* no estado de Nova York, e encontrei a mim mesma. Sob o materno, encontrei referências francesas. Havia entradas sobre funcionários, médicos, glórias locais do sul da França, país de onde partiram meus avós quando emigraram para a Argentina. Encontrei, isso sim, duas entradas na Argentina, uma referente a uma mulher que se destacara em não sei qual ciência exata, quem sabe parente minha, quem sabe filha de um primo. A outra entrada é menos inócua. É uma lista publicada por um dos grupos de parentes de desaparecidos que nomeia sequestradores, torturadores e demais cúmplices do regime de terror. Ao percorrer a lista, aparece o sobrenome materno, sublinhado, e reconheço o nome de um primo que ocupou um posto proeminente em uma província durante a ditadura.

Lembro pouco dele. Lembro, sim, do desprezo que minha mãe tinha por ele, porque ele era, minha mãe dizia, peronista, e em seguida se corrigia e dizia que não, é um nazista, e é peronista porque é nazista, foi para isso que serviu no Liceu Militar. Durante a guerra, acrescentava minha mãe, só contavam a eles das façanhas do Eixo, não diziam nada das vitórias aliadas. Esse primo era bastante mais velho do que eu, e devo tê-lo visto duas ou três vezes na vida, em algum aniversário, de uniforme. Não o reconheceria.

Uma dessas vezes foi, justamente, no enterro da minha mãe. Depois de um responso, foi preciso apresentar documentos e autorizar a cremação. Eu assinei, era necessária uma segunda assinatura, meu primo apareceu, me lembrou quem era e depois, com serena autoridade, como parente responsável, dispôs-se a assinar. Não me atrevi a dizer que não, embora saiba que era a última coisa que minha mãe quereria.

Voltei várias vezes a essa entrada no buscador, como querendo arrancar dela mais dados, alguma explicação. Há pouco tempo, não sei o que me levou a comentar minha descoberta com alguém, que me olhou atordoado, e eu me senti contaminada, culpada. Tentei pôr uma distância: não me dou com ele, eu disse, mas não sei se a pessoa acreditou em mim.

VIAGEM

ÚLTIMAS PALAVRAS
Há uns anos, na cidade do México, visitei a casa de Trótski com minha amiga Miriam. Comprados os ingressos, saímos ao jardim para começar a visita, e uma moça se aproximou de nós, oferecendo-se como guia. No começo dissemos que não, mas, como ela insistiu, cedemos. Ela nos levou de sala em sala, naquela casa bastante tristonha, testemunho de uma morte rememorada cotidianamente, e, à medida que a visita avançava, a moça, com escassa sutileza, ia preparando o grande momento, aumentando o suspense, carregando nas tintas para, uma vez que chegássemos ao escritório, ter toda nossa atenção. Então a moça floresceu. Ela nos explicou aplicadamente onde Trótski estava sentado, onde, atrás dele, Mercader, "o traidor da humanidade", estava de pé, e como havia sido o golpe fatal. Ela nos disse que Trótski gritara; que Natália Sedova, sua mulher, correra do quarto vizinho para socorrê-lo; que Trótski chegara a lhe dizer, antes de ser levado para o hospital onde morreu (e aqui a moça enrouquecia a voz): "Desta vez, eles conseguiram, Natália, mas nossa causa continuará vivendo, pois é a causa de todos os povos" etc. etc. Eu adorei esse duvidoso discurso final, enunciado com tanto sentimento, discurso para o qual ele teria precisado de muito mais fôlego do que dispunha depois do golpe certeiro de Mercader.

O prazer retórico de aperfeiçoar o que teriam balbuciado (ou não) os homens célebres (porque nunca são as mulheres, a não ser Joana d'Arc), ao sentir que morriam, "Morro contente, derrotamos o inimigo", "Ai, pátria minha", "Espanha, vou à Espanha" (ou sua alternativa menos engajada: "Palais Royal"), "Mais luz", "Baixem a luz" ou "Rosebud", é inegável. Mais tarde li em algum lugar que as últimas palavras de Trótski para sua mulher, já no hospital onde em vão tentaram salvá-lo, foram: "Não deixe que eles tirem minha roupa, faça isso você". Por sua patética intimidade, parecem mais satisfatórias. Nada garante, no entanto, que sejam menos apócrifas do que as recitadas pela moça mexicana, diariamente, em seu museu.

SAN NICOLÁS

Meus pais acreditavam na salubridade, tanto física como moral, das excursões: respirar ar puro, fortalecer o núcleo familiar, e é preciso conhecer a pátria, *che*, antes de ir para o exterior. (É curioso: meus pais, que mal viajaram, de algum modo sabiam que, desde crianças, esse exterior nos tentava.) Lembro pouco dessas excursões. Em geral eu resistia a ir, queria ficar em casa, acabava deixando que me convencessem, por bem ou por mal. Minha única preparação era encher uma sacola de livros, caso em algum momento da viagem eu tivesse vontade de ler. Meu pai se encarregava de fazer a mala de roupa e aceitava com resignação minha mania infantil. Uma vez, quando eu quis levar uma prateleira inteira da minha biblioteca, ele me deu um basta.

Não me lembro em detalhes dessas excursões, a não ser de uma, a San Nicolás de los Arroyos, empreendida com o declarado propósito de visitar a cidade onde foi sancionada a constituição argentina. Visitamos o convento, fomos recebidos por um franciscano, muito alto e, acredito lembrar, bastante jovem, de rosto muito redondo e modos joviais: ele fazia piadas que festejávamos enquanto visitávamos o convento, que engraçado, padre. Minha irmã devia ter uns cinco anos, olhava para ele desconfiada, escudando-se atrás da minha mãe, que a segurava pela mão. Ela, minha irmã, olhava para todo mundo desconfiada, o que você acha que as pessoas vão fazer com você, te comer?, minha mãe perguntava, para afugentar a desconfiança dela.

Quando minha irmã começou a choramingar e a perguntar quando iríamos embora, o franciscano se ofereceu para levá-la no colo, deixe eu lhe dar uma mão, senhora. Então começou a parte mais complicada da visita, da qual só lembro do rosto redondo e vermelho do monge, a mão livre acariciando o cabelo muito louro da minha irmã, enquanto falava dos edifícios historicamente importantes, nessa sala se reuniram várias vezes os constituintes. A visita foi muito longa, acho que ele nos fez ver algumas coisas duas vezes, sempre com minha irmã no colo, não se preocupe, senhora, que eu não vou deixar que ela caia, e sempre essa mão acariciando o cabelo, a nuca, a bochecha, e o rosto redondo, jovial, muito vermelho.

Eu praticamente tive que arrancar a menina dele, dizia minha mãe quando contava o incidente, você não imagina como ele passava a mão nela, era um escândalo. Sei que nesse momento não entendi a reação da minha mãe, nem achei escandalosa a conduta do franciscano. Sei também que, durante a visita, me deu raiva que ela, minha irmã, fosse a preferida, e não eu.

MISIONES
Para que essa piscina no pátio, ao lado da porta da cozinha?, perguntamos. Não parecia uma tina para lavar, antes uma piscina em miniatura. Ali davam banho nos filhos, nos responderam, e depois, quando eles cresceram, guardavam cobras, a piscininha virou um serpentário.

De noite, chegamos a um vilarejo chamado Puerto Rico, ao norte de San Ignacio, e paramos em um tal Hotel Suizo. Os donos eram, visivelmente, de origem alemã, falavam castelhano ainda com sotaque e guarani (sem dúvida também com sotaque) com os empregados. Em vez de quartos, havia casinhas tirolesas disseminadas pelo parque descuidado, selvático; a mistura de Heidi com Conrad era curiosa, mas não desagradável. Fazia muito calor, mesmo ao entardecer, e não conseguimos deixar de mergulhar em uma piscina de águas turvas e perfeitamente verdes. Por um caminhozinho mal-iluminado chegamos ao refeitório. Não éramos os únicos hóspedes: um casal francês, ele, moroso, ela, tagarela, estava sentado à mesa ao lado. A mulher, armada de um guia e um glossário, se esforçava para falar castelhano. Nós pedimos alguma coisa simples, evitando cuidadosamente a mesa de entradas e frios, sobre os quais os últimos raios de sol e as moscas se distraíam. A francesa, mais atrevida, quis experimentar algo típico, o que nos recomenda?, perguntou em um espanhol bastante bom. Sem vacilar, a mulher respondeu, com seu sotaque alemão, as berinjelas, apontando, então, para uma enorme travessa ao sol. A isso se seguiu o desconcerto do jota impronunciável, a consulta ao glossário (a palavra faltava) e minha intervenção como linguaruda. *Aubergine*, eu disse, não sem inquietude, lembrando a talvez exagerada, embora não infundada, desconfiança da minha mãe das comidas sem refrigeração. Os franceses devoraram grandes quantidades de berinjelas ao alho e óleo, maravilhando-se de que fosse um prato típico do norte argentino, *mais vou savez c'est un bouillon de cultures ici*. Na manhã seguinte, apesar de meus temores, estavam vivos, intocados pelo botulismo. Eles nos cumprimentaram ao nos ver passar. A dona do hotel nos recomendou que voltássemos. Eu estava prestes a atravessar a soleira que dava para o pátio, quando ela me puxou pela manga, fazendo-me dar um passo atrás. Vimos uma cobrinha preta deslizar rumo a um matagal de arbustos. Esses bichos estão por toda parte, tenham cuidado.

Chegamos às outras ruínas de tarde, foi difícil encontrá-las, porque estavam dentro do que agora era um presídio. Só vimos os restos da igreja central, não sobrava muito mais, embora houvesse um cemitério muito posterior aos jesuítas, com uns vinte ou trinta túmulos carcomidos pela umidade. Todas as lápides estavam em alemão, em letra gótica. A mais recente era de 1911. Pensei que em uma tumba assim estaria enterrado o Doutor Else, mas não disse nada. Não sabe quem é o Doutor Else, melhor ficar calada.

Lembro de uma frase, de repente, e penso que é das mais belas da literatura argentina: *"Una pareja de guacamayos cruzó muy alto y en silencio hacia el Paraguay"*.*

1914
O imaginário das guerras é misterioso, suas invenções, imprevisíveis. O da guerra de 1914 parece, a quase um século de distância, particularmente rico em imagens e objetos que a evocam, talvez porque tenha sido uma guerra que, ainda hoje, conserva uma aura de *páthos*: os campos franceses semeados de cruzes brancas, as fatais trincheiras, os soldadinhos com capacetes ou com quepes, os cavalos se debatendo na lama, Fresnay que trata de "senhora" sua mãe e sua mulher, o gerânio de Von Stroheim, *Nada de novo no front*, o tango "El Marne", *an English unofficial rose*. Era o fim de um mundo — ou, ao menos, era o que diziam.

Quando era criança e ia à casa das minhas tias, eu gostava de olhar uma gravura pendurada na parede de um dos

---

* A frase é do conto "A la deriva", de Horacio Quiroga, e pode ser traduzida como: "Um casal de araras atravessou muito alto e em silêncio em direção ao Paraguai". [N.T.]

quartos: uma mulher desfalecendo, com amplo toucado de renda preta, abraçada a um heroico soldado que a agarra com um braço, enquanto com o outro segura uma bandeira francesa, sendo que, aos pés de ambos, jaz um estandarte com uma águia. Eu pedia para me explicarem uma e outra vez: a mulher era a Alsácia, o estandarte pisoteado, a Alemanha, o soldado que a salva, a França. Isso ocorrera em outra guerra, me explicavam, não, não nesta, faz muito tempo, antes de você nascer. Além da gravura, davam testemunho dessa mitológica guerra anterior a mim (ao que parecia, tão diferente desta, da que ouvia meus pais falarem) dois objetos de bronze. Um estava na minha casa e tinha sido da minha avó paterna: era um cinzeiro feito de uma vasilha de metal sobre um trípode de balas entrecruzadas. O outro tinha sido da minha avó materna: um crucifixo feito de balas com um Cristo lavrado, me explicavam, com munições fundidas. As balas eram idênticas às do cinzeiro: longas e finas, pontiagudas, belíssimas. Da França e da Inglaterra, parentes de uma e de outra avó deviam ter mandado essas lembranças. As duas famílias, que tinham tão pouco a ver, apesar do casamento dos meus pais, se relacionavam em Buenos Aires por meio desses pequenos horrores tangíveis.

 Perdi de vista a gravura e o cinzeiro, mas não o crucifixo, que ressurgiu aqui e ali ao longo da minha vida. Quando minha tia morreu, por algum motivo, minha mãe o recuperou, e alguma vez o vi em sua mesinha de cabeceira. Em seguida, quando minha mãe se mudou, foi levado pela minha irmã, que quando era pequena sem dúvida o via com a mesma fascinação que eu. Um comentário casual sobre o fato de que as guerras são máquinas produtoras de *kitsch*, porque de outro modo sua lembrança seria intolerável, fez com que eu, por minha vez, me lembrasse do crucifixo e perguntasse pelo seu paradeiro a um de meus sobrinhos. Ele o trouxe da vez seguinte que nos vimos; um pouco amassado, agora ele é meu. Dessa vez o olhei muito de perto, vi que na base havia algo inscrito, com uma lupa pude decifrar a palavra Albert. Como no conto de Borges, o crucifixo transmitia uma mensagem cifrada, indicando — não de antemão, mas *a posteriori* — o lugar de um dos maiores desastres daquela guerra. Durante dias me perguntei o que fazer com essa mensagem que chegava para sempre atrasada, como lê-la, depois achei que era um detalhe literariamente frívolo e me esqueci do assunto. Até agora.

VICHY
Leio o livro de Adam Nossiter, *Algeria Hotel*. O título retoma o nome do hotel que, durante o governo de Pétain, passou a ser o ministério de questões judias em Vichy. Nossiter recupera o passado abjeto que os franceses até pouco tempo se empenhavam em recalcar, recupera-o apesar da resistência, quando não do esquecimento, dos habitantes da cidade. Para as boas famílias de Vichy, os judeus não eram problema, eles na sua, nós na nossa, não eram problema, mas eram, a bem da verdade, *un élément étranger*. Ao mesmo tempo (e o paradoxo é só aparente), esses mesmos burgueses contavam como eles (ou o vizinho ou uma prima ou um conhecido) tinham salvado um judeu, escondendo-o em sua casa. O relato do "judeu salvo", pré-fabricado, invariável, os absolvia.

Lembro da minha primeira e única visita a Vichy no final dos anos cinquenta, para consultar o arquivo de Valery Larbaud. Lembro que era inverno, que o famoso Parc des Sources, com seu cassino e a fantasia orientalista de seus banhos termais, rodeado de desbotados palacetes de cores pastéis, me pareceu um lugar triste, como de uma decadente cidade colonial francesa, digamos Argel, digamos Abidjan, digamos Saigon. Centro do mundo (desse mundo que curava suas dolências com águas termais), centro da França (geograficamente e, nos anos quarenta, politicamente), Vichy era, no final dos anos cinquenta, apenas uma capital de província. De tão provinciana, minha chegada foi um acontecimento. Tímida estudante estrangeira de vinte anos, fui notícia na imprensa local. Fui convidada para almoçar com o prefeito e sua mulher, muito impressionados por alguém chegar de tão longe (*"beaucoup d'Argentins venaient prendre les eaux, de três riches Argentins, vous savez"*) para consultar a obscura correspondência de uma glória local, quase esquecida. Comi nessa casa um legume exótico (como correspondia a uma cidade colonial francesa), preparado em minha homenagem, *crosne du Japon*. Visitei a viúva de Larbaud, que não perdera totalmente o sotaque e a respeito da qual a bibliotecária que me servia de guia contava que o marido a obrigava a se vestir de menina, *c'était pour le moins curieux, n'est-ce pas*.

Eu tinha vinte anos, eu não pensava no passado, não ligava os pontos. Achei divertida, sim, a ideia de que o plácido autor de *Fermina Márquez* tivesse fantasias pedófilas. Só agora, quarenta anos depois, ao ler *Algeria Hotel*, percebo que os bons burgueses que me acolheram sem dúvida passaram a guerra em Vichy, que teriam visto o marechal quando saía para andar pelo Parc des Sources ou quando se debruçava na varanda todos os domingos para cumprimentar os colegiais que acudiam para cantar (literalmente) seus louvores, que teriam visto muitas outras coisas, talvez. (Acredito lembrar que a bibliotecária se chamava Madame Vignac. Nossiter entrevista alguém com o mesmo sobrenome, quem sabe ela mesma, com pouco sucesso: não se lembra de nada.) Mas de nada disso se falou durante aquele almoço, e eu não perguntei. Durante anos, de Vichy só lembrei, para além da arquitetura que logo se apagou de minha mente, confundindo-se com tantas outras, da imagem da anciã e decrépita Madame Larbaud, que minha imaginação vestia de menininha, e o elusivo sabor dos *crosnes du Japon*, que não experimentei nunca mais.

PATAGÔNIA
Ultimamente me interessam textos de viajantes à Patagônia. Cedo a uma moda de leitura, eu sei. Mas para além desse interesse mais ou menos cultural, a Patagônia marca lembranças de infância, principalmente uma. Meu pai, gerente de um frigorífico, viajava de vez em quando a Río Gallegos. Talvez minha lembrança seja de sua primeira viagem, caso contrário não entendo tanta cerimônia. Um carro do frigorífico chega de madrugada, e minha mãe, minha irmã e eu acompanhamos meu pai até o Aeroparque, para nos despedirmos dele. Nessa época (estou falando de meados dos anos quarenta), o Aeroparque consistia em uma série de galpões descuidados e, a essa hora (que não necessariamente era de madrugada, no inverno ainda é noite às seis), praticamente desabitados. Um garçom cansado, atrás de um balcão, prepara café. O rádio está ligado, ouço uma música que durante muito tempo recordarei como a música mais triste que conheço. Devo ter

oito anos. Tomamos café, nos despedimos do meu pai, minha mãe fica com os olhos cheios de lágrimas (isso parece confirmar que se tratava da primeira viagem), diz a ele volte logo, velho. O carro do frigorífico nos leva de volta para casa. Começa a clarear. Acho também que chove, mas isso talvez seja uma lembrança de um filme cujo título não preciso citar.

A essa lembrança, insólita (por que será que esse avião saía de madrugada, por que será que fomos nos despedir do meu pai?), acrescenta-se outra, que também se torna uma cifra, para mim, da Patagônia. Meu pai me conta ao voltar de uma de suas viagens, talvez daquela, da primeira, que um vento brutal costuma varrê-la, um vento tão forte, ele diz, que costuma derrubar as ovelhas, e elas, impedidas pela abundante lã, não conseguem mais se erguer e ficam ali, derrubadas de lado, até morrerem. Às vezes, antes de morrer, os carcarás comem seus olhos. Até hoje não entendo por que meu pai me contava essa história, sabendo que eu gostava dos animais, sabendo que eu ficaria chocada.

Anos depois, já adolescente, escutei de novo a música triste daquela madrugada no Aeroparque e perguntei qual era. "Heartaches", responderam.

VÁRIA IMAGINAÇÃO

Morto meu pai, minha mãe se recolheu mais e mais em um mundo seu, feito de lembranças e, sobretudo, de conjecturas, invariavelmente catastróficas. Ela pouco sabia da minha vida, só a mísera porção que eu, mesquinhamente, cedia a ela para responder a suas perguntas. Ela supria o que eu não contava com a imaginação; e se preocupava. O dinheiro, ou minha relação solta com ele, tão diferente da dela. Meus amigos. Tocava o telefone, e ela atendia: é para você. É homem ou mulher, eu perguntava, para situar o falante. Não sei, ela respondia incomodada, que amizades estranhas você tem, filha. Um dia ela me disse de repente: tenho uma preocupação e quero falar com você, me diga uma coisa, você tem um filho em Paris? A pergunta me pegou de surpresa e ao mesmo tempo me aliviou: comecei a rir. Você vai com tanta frequência, não sei o que pensar, respondeu, um pouco ofendida, e me arrependi de ter rido. Então você tem alguém, insistiu. Eu disse que sim, e foi minha vez de inventar, um amante, sim, como ele se chama, Julián, é um nome estranho para um francês, não é, não, tem uma igreja em Paris e também um escritor e também um vinho, Juliénas. Disse tudo isso para aplacar suspeitas, para não lhe dizer que sim, não era um nome frequente, e que, além disso, era o nome usado por Vita Sackville-West em suas escapadas por Paris com Violet Trefusis. Eu sempre tão literária: tinha acabado de ler aquelas cartas.

    Minha mãe me perguntava muito de vez em quando por esse amante imaginário. Acho que reconhecia o artifício, mas, ao mesmo tempo, precisava acreditar nele. Depois de dois ou três anos, decidi acabar com o fingimento e disse a ela que Julián era, na realidade, uma mulher. Ela quis saber o nome, eu disse a ela. É judia?, perguntou. Ela não acreditou quando eu disse que não. Quis saber também se alguma vez ela tinha sido casada, não sei bem por quê. Divorciada, eu disse, e então ela disse, com tom de desaprovação: eu a imagino com o cabelo louro. Pintado, acrescentou depois de uma pausa.

    Uma hora depois, minha mãe quis sair para dar uma caminhada e me pediu que eu a acompanhasse. Andava muito insegura, precisava de apoio. Atravessamos a praça de Olivos, calorenta e empoeirada, e ela me disse: quero entrar na igreja. Minha mãe não era religiosa. Sentou-se em um banco, quem sabe rezou, enquanto eu andava por uma das naves laterais, olhando sem muita atenção o interior daquela igreja carente de toda graça. Foi o que fizemos, minha mãe e eu. Ao sair, ela me disse: eu não sei muito desses amores. Propus a ela almoçar fora, e ela aceitou. Comeu com um apetite insólito.

    Não era verdade que não soubesse, é claro. Vinte anos antes, quando o *Charles Tellier* estava prestes a partir rumo a Le Havre e a me levar para estudar na França, quando o apito soou, chamando as visitas para desembarcarem, ela me levou até um canto e me disse: na Europa, há mulheres mais velhas que procuram secretárias jovens, mas na realidade estão procurando outra coisa. Sem mais esclarecimentos, me deu um beijo e foi embora, deixando-me desconcertada. Lembrei a ela do incidente enquanto almoçávamos. É mesmo, disse surpresa, não tenho a menor lembrança.

CITAÇÕES

CERIMÔNIAS DO IMPÉRIO

Minha mãe, que não era de família inglesa, adotara o culto do chá com zelo de convertida. Quando pedia um chá em uma confeitaria, esclarecia sempre "com leite frio" e acrescentava, invariavelmente, "preciso dizer, porque eles nunca sabem". Ou se não, quando chegava a chaleira de estanho, fumegante, ela tomava o primeiro gole e chamava o garçom: "Garçom, esta água não ferveu". Lembro que, em uma ocasião, um garçom, irado, respondeu a ela que a água estivera fervendo desde de manhã. "Está vendo", disse minha mãe triunfante, e ao garçom: "Diga na cozinha que é preciso colocar a água na chaleira assim que começa a ferver. Fervida demais também não serve." Eu tentava desviar o olhar para não ver a cara do garçom.

Nos finais de semana, em casa, cabia à minha irmã e a mim fazermos o chá. Estávamos cansadas de saber que não podíamos pular nenhum dos passos requeridos, de esquentar a chaleira com água recém-fervida e medir a quantidade exata de chá de Misiones (que não era inglês, mas era bom, dizia-se), porque minha mãe descobriria nosso descuido só de beber um gole.

Aos chás da minha mãe, compareciam, com frequência, conhecidos do meu pai, ingleses que viajavam a trabalho, acompanhados por mulheres que não falavam uma palavra de espanhol. Assim que chegavam, os maridos se embrenhavam em conversas com meu pai, e à minha mãe cabia entreter as mulheres. Eu dava uma de linguaruda. As mulheres, que em outra ocasião minha mãe teria descrito como sem sal, eram em geral amáveis, distantes, malvestidas e ficavam admiradas de como eu falava bem inglês. Também, invariavelmente, elogiavam o chá da minha mãe, que aproveitava para pronunciar suas três ou quatro palavras de inglês, ditas com dificuldade: *tankiu*. Ou então, ao lhes oferecer outra xícara, *morrti*?

Quando iam embora, cabia a mim traduzir para benefício da minha mãe que tudo tinha sido ótimo *and tell your mother her tea was delicious*. Minha mãe me dizia para perguntar se queriam lavar as mãos antes de irem embora, *do you want to wash your hands*. Em geral, elas não entendiam a alusão. Certa vez, uma delas riu muito da minha sugestão e me respondeu que não, *but do you think I should?* O marido riu, meu pai também. Nunca mais perguntei isso.

GESTOS
Há pouco tempo, sentada à mesa, eu me surpreendi repetindo um gesto da minha mãe. Já não me lembro se estava sozinha ou acompanhada, a surpresa foi tão forte que obliterou o que me rodeava, como uma foto estourada. Era um gesto trivial, anódino: pegar a borda da toalha à frente e dobrá-la duas ou três vezes sobre si mesma na direção do prato, como quem dobra a borda de uma folha de papel. É um gesto que observei em minha mãe durante o mês que passei com ela depois da morte do meu pai. Tinha ficado sozinha. Não queria comer. Acho que o gesto nasceu então, como distração ou rejeição, embora talvez ela já o fizesse antes. Mas antes eu não prestava atenção na minha mãe. Já nessas intermináveis refeições compartilhadas, vigiava o mais mínimo movimento seu, talvez por me sentir responsável. Ou culpada.

Minha mãe e eu nos parecíamos fisicamente. Minha mãe se empenhava em estender esse parecido ao domínio psíquico; quando eu era pequena e ela me levava a algum médico novo, sempre prefaciava seu relato com a frase: "Doutor, essa menina é igualzinha a mim". Um desses médicos, lembro, pediu a ela que esperasse do lado de fora; queria falar a sós comigo. Não me lembro que perguntas ele me fez, mas lembro bem que nunca mais o vimos.

Já adulta, durante anos me gabei de que, deliberadamente, eu tinha me esforçado por não me parecer com minha mãe. Pelo contrário, eu tentava me parecer com meu pai. Agora esse gesto mínimo, inconsciente, que se inscreveu na memória do meu corpo quando observava minha mãe desamparada, me assinala o contrário. É como se eu citasse minha mãe, e a citação me inquieta porque não posso controlá-la.

Lembro que minha irmã, adulta, começou a falar como minha mãe, a citá-la textualmente. Repetia aquelas frases feitas que, quando crianças, nos divertíamos imitando: "Você vai me matar de desgosto" ou "as meninas de hoje não se dão mais ao respeito". Ela as dizia com o mesmo tom da minha mãe, esse tom melancólico e resignado que caracteriza a doxa argentina. No meu caso, não se trata de palavras, mas de um pobre gesto, insignificante. Posso vê-lo como uma zombaria às minhas tentativas de impor distância a respeito da minha mãe ou como uma obscura homenagem. Escolho essa última: é, como ela teria dito, mais tolerável.

ROMANCE FAMILIAR
Minha avó, a mãe do meu pai, como muitos imigrantes ingleses de sua geração, falava mal o espanhol. Tinha dificuldade de dizer *tetera* e dizia (para grande hilaridade do filho, meu pai) uma *tetada** de chá. Ela ficava desesperada por eu não falar inglês, por eu ter aprendido a falar primeiro castelhano, acho que ela não gostava muito que meu pai tivesse se casado com uma *Argentine girl*, embora o fato de que meu pai fosse por sua vez um *Argentine boy* não lhe passasse pela cabeça. O imigrante e o filho do imigrante pensam a si mesmos em termos de língua, eles *são* sua língua. Minha mãe perdera o francês de seus pais e era, consequentemente, argentina. Meu pai falava em inglês com a mãe, com as irmãs, e espanhol com a mulher e os amigos. Às vezes as pessoas se dirigiam a ele com um *ei, inglês*.

Minha avó, a mãe do meu pai, morreu quando eu tinha quatro anos: lembro de ter ido visitá-la pouco antes de sua morte, lembro de ter falado com ela, não sei em que idioma. Essa lembrança, esse não saber em que idioma falei com ela, não me abandona. De fato, recorri a ela em dois relatos, *trying to make sense of it*: em um desses relatos, uma criança fala inglês e dá uma alegria à avó, no outro se nega a fazer isso.

GRAMÁTICA
Quando eu era criança, fiz questão de aprender francês, o idioma da família da minha mãe, embora minha mãe não o falasse. Seus pais o abandonaram, pouco a pouco, à medida que mais filhos nasciam. Falaram francês com os filhos mais velhos, e finalmente só entre eles. Minha mãe nasceu, seria possível dizer, monolíngue.

---

* "*Tetera*", em espanhol, significa "chaleira" e "*tetada*", como em português, lembra "teta". [N.T.]

Comecei a falar francês cautelosamente, com medo de errar. Decorava as regras gramaticais, conjugava verbos antes de dormir. Meu francês ia ser minha língua nativa, como se houvesse um hiato entre meus avós e eu, tão nativa quanto meu inglês, que não pulara nenhuma geração. (O espanhol não parecia ter genealogia: simplesmente existia.) Coloquei nomes franceses em algumas bonecas, as mais bonitas. A professora de francês que vinha à minha casa ficava admirada com a minha pronúncia.

De vez em quando, duas irmãs da minha mãe nos visitavam, a primogênita, que tinha falado francês com seus pais quando criança, e outra tia mais jovem, que, assim como minha mãe, não o falava. Um dia disse a elas que eu sabia falar francês, e a mais velha, que devia estar contente por retomar um contato com o passado, me perguntou, como se estivesse me testando, *qu'est-ce que tu vas faire demain*? Eu disse, com autossuficiência de novata e limitado conhecimento dos verbos, que eu conhecia mal, que o certo era dizer *qu'est-ce que tu feras*. Minha tia insistiu que sua frase era correta. Minha mãe e minha outra tia, por ignorância e porque tinham raiva da irmã mais velha, a quem os pais haviam ensinado a falar francês quando criança, opinaram que eu tinha razão. Houve discussão; minha tia mais velha chorou, minha mãe e minha outra tia se empenhavam, como se praticassem uma obscura vingança, em dizer que o que María falava era uma língua misturada.

No mês seguinte, eu aprendi na aula as formas do futuro imediato. Percebi que minha tia María tinha razão, mas nunca disse isso a ela.

DOS USOS DA LITERATURA

No colégio, me faziam aprender poemas em inglês, em espanhol, em francês. Lembro de poucos em espanhol, embora restem alguns versos inúteis na minha memória: *"Amé, fui amado, el sol acarició mi faz"**, e um ou outro verso de Bécquer. Do inglês, lembro de fragmentos de Shakespeare, principalmente fragmentos, já que na aula nunca nos era dada a ocasião de

---

* Trata-se de um dos últimos versos do poema "En paz", do poeta mexicano Amado Nervo: "Amei, fui amado, o sol acariciou minha face". [N.T.]

recitar o texto inteiro. A majestosa e inesquecível inglesa com quem líamos a maior parte das comédias e tragédias, entre os nove e os dezesseis anos, media nossa aprendizagem de maneira estranha. Digamos que ela tivesse designado para nós o discurso de Shylock a Antônio no *Mercador de Veneza*. Ela entrava em sala, abria a chamada e, em seguida, arbitrariamente assinalava uma aluna com um indicador imperioso como uma garra. *You!*, gritava, e a vítima começava a recitar "*Signor Antonio, many a time and oft*", mas o dedo a interrompia, apontando a seguir para outra aluna, *Now you!*, a outra engatava "*In the Rialto has't thou rated me*", e em seguida, dirigindo-se a outra, *You!*, "*About my monies and my usances*", e assim sucessivamente, ao acaso, sem que se pudesse prever nenhuma ordem, a não ser a ditada pelo genioso dedo. A destreza consistia em não se distrair, em estar alerta para que esse dedo inglês não nos apanhasse desprevenidas, sem conseguir acertar o verso seguinte. Apesar desse método aos saltos, eu me lembro de boa parte da tirada de Shylock, talvez pela injustiça de uma situação que, como adolescente, me afetava particularmente, talvez pela expressão *Jewish gabardine*, que nos divertia, talvez porque tivéssemos medo da majestosa inglesa. A literatura se reduzia, nessas aulas, a um jogo de adivinhações. Não nos teria surpreendido se, diante de algum erro, a inglesa gritasse, como a Rainha Vermelha, *off with their heads*!

Descobri outras vantagens da literatura mais tarde, por meio do francês. Os discursos de Racine, também aprendidos de cor, foram veículo de meus amores não correspondidos de adolescente, consolo dos enganos que sofri já adulta. O ciúme de Fedra foi o meu, quando me descobri implicada em um triângulo amoroso do qual não suspeitava, seu "*Comment se sont-ils vus*", para sempre sem resposta, adquiriu valor de mantra: as despedidas de Bérénice, recitadas de cor enquanto percorria desconsolada as ruas de Buenos Aires, foram um paliativo para uma separação definitiva. Mas essa é outra história.

DESMONTAR A CASA
Quando meu pai morreu, minha mãe decidiu que a casa na qual tinham vivido tantos anos ficava grande (ela disse assim, como se se tratasse de um vestido) e a vendeu quase imediatamente. Deram-lhe dois meses para desocupá-la, durante os

quais se dedicou a comprar um apartamento pequeno, a poucos quarteirões, no mesmo bairro, para não sentir saudades, disse, e a demandar nossa ajuda para a mudança. Como se tivéssemos combinado, minha irmã e eu chegamos a Buenos Aires no mesmo dia, e começamos a tarefa de seleção e inventário. Empilhávamos objetos em cinco pilhas, que correspondiam, ou assim achávamos, a cinco categorias discretas: o que ia para a nova casa, o que ia para leilão, o que minha mãe não queria, mas minha irmã e eu, sim (categoria cuja subdivisão não estava isenta de discórdia), o que ia para o Exército da Salvação, o que ia para o lixo. Tudo funcionou relativamente bem até que minha mãe resolveu revisar a seleção e duvidou dos critérios em que se baseava. Tirava um objeto de uma pilha e o colocava em outra, disso talvez eu precise, mas isso vai a leilão em Guerrico, sua pilha é aquela ali, não, aquela é a pilha do lixo, mas como você vai jogar fora isso se é lembrança do seu pai, bom, quem é que decide aqui. Quando terminamos, era tarde e estávamos em maus termos. Possivelmente minha mãe, que era insone, tenha continuado a modificar as pilhas durante a noite.

    Anos mais tarde, um amigo teve que desmontar a casa da mãe que acabara de morrer. Suas irmãs decidiram levar a roupa toda, sem revisar, a uma instituição de caridade. Jogaram fora até o vestido de noiva, dizia meu amigo, ao olhar pela janela vi como subiam aquela bolsa específica no caminhão, quem vai querer, ele dizia não sem razão, esse vestido. A anedota me pareceu improvável, talvez apócrifa, mas eficaz. As pessoas gostam de fabular despedidas definitivas, sobretudo patéticas.

    E a propósito: ao deixar a casa para ir ao apartamento novo, minha mãe, com cara perfeitamente inexpressiva, passou a mão pelo vão da porta, apertou a palma contra uma parede, roçou lentamente com os dedos uma maçaneta. Estava se despedindo. Levei um tempo para perceber que ela estava repetindo uma cena de um filme de Garbo; minha mãe, talvez sem saber, estava citando. O fato não diminui a sinceridade do gesto: antes o confirma.

DISRUPÇÃO

AMOR DE IRMÃS
São três irmãs, muito unidas, primeira geração argentina de imigrantes galegos que as criaram com mão de ferro, empenhados em promover suas virtudes, casá-las bem, fazê-las subir na vida. Eles conseguem o pretendido: a mais nova se casa muito jovem com um advogado, não acho que fosse a mais atraente, pelo menos é o que dizem. Essa honra cabe à do meio, extravagante, tipo de cabaré, dizem as parentes menos caridosas. Ela se casa já mais velha (nessa época, mais velha significava depois dos quarenta) com um médico viúvo que tinha dois filhos. A mais velha não se casa, continua morando com os pais, cuidando deles até o final. Como se trata de uma família longeva, fica livre, por assim dizer, aos sessenta. Livre e muito cansada, lembro que quando criança ficava impressionada com seu rosto tão enrugado e o sorriso que nem uma careta, mas eu gostava dos seus olhos, azuis, como se encobertos por um véu. Mas quando a irmã extravagante aparecia, todos os olhares se voltavam para ela. Frequentemente ela usava turbante e fazia pose como se estivesse prestes a ser filmada, estou pronta, Mr. De Mille.

Foi ela quem morreu primeiro, do mesmo mal do qual morrera Eva Perón, mal ao qual, na minha casa, só se aludia com rodeios. "Foi esvaziada", diziam de Evita, como se de algum modo fosse um castigo inevitável, quem sabe merecido. Por sua vez, a irmã mais jovem enviuvou e, como as três irmãs haviam sido tão unidas, ela foi morar com a que sobrava, a irmã mais velha e solteira. Elas venderam a casa dos pais para não se entristecer, compraram juntas um apartamento, iniciaram (com bastante entusiasmo, acredito lembrar) uma vida nova apesar da idade avançada. Perguntei por elas uns anos depois, curiosa por saber como se entenderiam. Não tão bem, me disseram, mal se falam depois do que aconteceu. Parece que pouco depois de começarem a morar juntas, um dia, sem razão aparente, a irmã mais velha contou à caçula que seu marido morto fora amante da irmã extravagante; que durante anos, inclusive quando ela já estava casada com o viúvo com dois filhos, eles continuaram se vendo, em hotéis, no carro, às vezes no banheiro da casa mesmo, durante alguma festa de aniversário, não conseguiam deixar de se ver. A irmã mais nova chorou, vociferou contra a irmã, negou-se a acreditar no que ela contava, continuou chorando, até que a outra lhe mostrou cartas em que a irmã morta tomava a ela, a mais velha, como confidente e cúmplice, exigindo-lhe, em nome da lealdade, o silêncio. Depois elas deixaram de se falar: pouco tempo depois, morreram as duas, com dois meses de intervalo, não de males impronunciáveis, mas de velhice.

    Eu gostaria de saber o que levou a irmã mais velha a revelar o segredo no final da vida, quando já não havia possibilidade de acertar contas. Será que foi por isso mesmo? Ou para sentir o poder que, durante a vida inteira, tinha sido negado a ela, a solteira, a sacrificada, que cuidava dos pais sem reclamar? Mas, acima de tudo, essa história passional me surpreende porque o marido condenado era conhecido meu, era o irmão mais novo da minha mãe, um tio desajeitado e um tanto brutal, por quem eu tinha pouca simpatia. Surpreende-me imaginá-lo protagonista dessa paixão incontrolável que deveria me fazer revisar a imagem que guardo dele. Não consigo; assim como sua mulher, chego tarde demais.

FILHA DO RIGOR

Quando meu pai morreu, de repente, em um acidente fora do país, minha mãe, que se salvara, ficou completamente desconcertada. Viajei para buscá-la e a acompanhei de volta a Buenos Aires. Ela estava ensimesmada, estranha, olhava para a lua e dizia: "Papai está lá". Mas, sobretudo, das poucas vezes que dizia algo, falava de sua infância. Dizia ter passado fome quando era pequena, éramos tantos irmãos, e minha mãe tinha que fazer milagres. Era a primeira vez que ouvia dela esse relato miserabilista, e fiquei surpresa. Mas vocês não eram pobres, atinei a corrigir. Ela não disse nada, mas no dia seguinte, na hora de comer, me contou a mesma história, enquanto dobrava várias vezes seu guardanapo, sem tocar na comida que tinha à frente. Coma, eu disse, como quem fala com uma criança, coma alguma coisa ou vai ficar doente, e docilmente ela obedeceu, segurando sem jeito o garfo com a mão esquerda, porque estava com o braço direito engessado. Essa cena se repetiu durante várias noites, sem que variasse a história da fome que ela padecera quando pequena, nem sua falta de apetite. Eu percebi que ela projetara a falta do meu pai no passado, que deslocara uma privação na direção de outra. Estou passando fome, ela estava me dizendo, e não há alimento que me sacie.

RUIM
Um homem morre e, em seu cofre, junto com um pouco de dinheiro que deixa para a amante, mãe de seu filho, deixa todas as cartas que outra mulher, com quem manteve uma relação paralela, lhe mandou. Obviamente é a amante quem abre o cofre. Ele lhe dissera: tudo o que está ali é seu.

    Depois das reações de rigor (indignação, ódio, sobretudo uma enorme pena, não tanto por sua morte, mas pela sensação de desperdício), a mulher se pergunta o que fazer com as cartas. Poderia devolvê-las à outra mulher, mas seria assumir o papel desempenhado na vida do homem que amava, ou que alguma vez amara, e não queria se colocar nessa posição que a diminuía. Também não se atrevia a jogá-las fora, porque eram cartas dele, e porque não se jogam cartas fora, mesmo que alheias (ela o fizera com cartas da mãe para o pai e agora se arrependia). E também, por que não?, porque pensava que algum dia, quando não se importasse mais, leria as cartas do início ao fim, com calma, sem que a leitura se tornasse intolerável. Tudo o que está ali é dela, ele mesmo dissera. Fecha o cofre depois de pegar o dinheiro; fecha também o apartamento, deixando aqueles vagos planos para algum futuro que nunca se dá, porque vai morar na França com o filho. Por superstição, não vende nem aluga o apartamento. Quem sabe um dia eu tenha que voltar para a Argentina e queira um teto.

    Anos depois, a mãe já morta, o filho volta para a Argentina. Quase como turista: fala mal espanhol, sente-se mais confortável em francês. Quer desmontar o apartamento que foi do seu pai, de quem sua mãe falava tão pouco e, quando o fazia, com amargura. É como retroceder no tempo. O apartamento está igualzinho há dez anos, a cama (lembro dessa cama) por fazer desde então, as toalhas penduradas no banheiro, os panos de prato na cozinha, úmidos como se tivessem acabado de secar a louça. Encontra umas fotos de um homem que talvez seja seu pai, talvez não. Quer buscar alguma semelhança com ele; não consegue. Chama um chaveiro para abrir o cofre e encontra as cartas. Percebe pelo tom que são cartas de amor, vulgares algumas, sentimentais outras, a autora se dirige ao destinatário com um nome privado, talvez secreto, e assina também com um apelido: ele não entende a maioria das alusões. Deduz (embora no começo não reconheça a letra) que são cartas de sua mãe para o seu pai, deduz que eles se amaram muito. O fato o tranquiliza e lhe permite fazer para si uma imagem do pai. Vende o apartamento e volta para a França com as cartas.

Eu poderia ter sido a mulher que encontrou as cartas; ou a que as escreveu. Mudei detalhes, inventei outros, acrescentei um personagem. A ficção sempre melhora o presente.

CLAIR DE LUNE
Minha irmã morreu no primeiro dia do ano, um dos filhos encontrou-a no dia seguinte: estendida junto à cama, morta de uma hemorragia, já rígida. A atividade que se seguiu à morte foi febril, como se meus sobrinhos e eu tivéssemos querido arrumar tudo muito rápido, colocar ordem no que fora uma vida à deriva. Fui ajudá-los, cuidamos do enterro, das burocracias, terminamos tudo em três dias, quando caiu uma terrível tempestade de neve. Cheguei a tempo de pegar o último avião que saiu do aeroporto, justo antes de que fosse fechado, como tantas vezes me acontecera em Buenos Aires, às vésperas de um estado de sítio. Voltei para casa aliviada, como quem foge de um perigo, quase vazia.

Dois dias depois, viajei para o Caribe, para descansar, para não pensar na minha irmã. Foi uma semana estranha, como um paradoxo vivo, com aquele céu exorbitantemente azul, aquele mar transparente em cujo fundo se via, de vez em quando, alguma raia gigante muito quieta, à espreita. Era uma ilha escassamente habitada, abastecida por barcos que chegavam da outra ilha mais importante, e cuja economia dependia em tudo de um turismo improvisado e barato. Alugamos um pequeno apartamento de frente para a praia, com um terreno baldio no fundo, cercado de arame, cuja utilidade à primeira vista não era clara.

Dormi muito naqueles dias. Uma noite, no entanto, perdi o sono. Lembrei da minha irmã, não conseguia tirar da cabeça um incidente logo depois do enterro. Meu sobrinho e eu demos uma saída, e, ao voltarmos, a mulher dele me interceptou, assustada. Vi sua irmã na televisão, ela me disse em voz baixa, e pensei que ela estivesse delirando. Ela me explicou que tinham dedicado um pedaço do jornal ao aumento de atividade comercial durante as festas de fim de ano e que de repente minha irmã aparecera na tela, em uma loja de bebidas, com andar inseguro e uma garrafa de uísque debaixo do braço, na fila para pagar. Ela estava de óculos escuros, mas era ela; tinha sido filmada no dia antes de morrer. Não quero que ele veja o jornal hoje à noite, disse a mulher do meu sobrinho, não quero que a veja, dizia, foi ele quem a encontrou morta. Já eu teria dado qualquer coisa para ver aquele jornal. Não tinha uma imagem recente da minha irmã viva. A luz da lua preenchia o quarto e, como eu não conseguia dormir, saí para a varanda dos fundos. Não me custou muito acostumar a vista, porque a lua cheia iluminava tudo. No terreno baldio, branco de luz, havia quatro ou cinco vacas que brincavam e se divertiam empurrando umas às outras. Eu nunca tinha visto vacas dançarem à luz da lua. Mas também nunca tinha visto uma mulher morta na tela da televisão no dia do próprio enterro. Essas duas imagens, nítidas, me perseguem: uma vista, a outra imaginada, as duas inesquecíveis, mas sempre juntas.

ATMOSFÉRICAS
Em setembro de 2001, o tempo, quer dizer, o meu tempo mudou. Não estou falando que os acontecimentos do dia 11 fizeram que eu me sentisse frágil, com um futuro incerto, embora isso tenha se dado. Estou falando da temperatura, das estações, como se o ataque tivesse desarrumado algo de maneira muito mais profunda. No dia do atentado, fazia um tempo magnífico em Nova York, de primavera mais que de outono, com um céu muito claro e um sol radiante. Assim como os ponteiros de muitos relógios próximos da catástrofe ficaram fixos, o clima ficou suspenso, em um tempo bom imutável, durante semanas, meses. Esperava-se o inverno, mas o inverno não veio. As plantas começaram a brotar como se a primavera estivesse começando, o céu continuou azul, mal choveu. Foi então que eu comecei a sonhar com Buenos Aires, noite após noite. Foi então que me surpreendi pensando em minha

mãe, meu pai, minha tia, minha irmã: todos mortos. Eram lembranças ou sonhos (não tenho certeza de poder distinguir os dois) de um passado muito longínquo, quando eu ainda não sabia que não ia passar o resto da minha vida em Buenos Aires, lembranças de infância, de adolescência. Sonhos (ou lembranças) de tons de voz, de expressões enterradas na minha memória, de imagens soltas, desconectadas, em geral felizes, apesar do barulho de helicópteros que também contribuía para que as duas cidades se misturassem para mim. Acho que o tempo, esse radiante outono suspenso, teve muito a ver com minha desorientação, o tempo que na minha cabeça era o de Buenos Aires: como fazia calor em outubro, faria ainda mais calor em novembro, as aulas acabariam, e no Natal o perfume seria de frésias e jasmins.

Essa defasagem me persegue, impede que eu me instale completamente na cronologia corrente, muito menos nessas estações invertidas cujas temperaturas, quando há muitos anos mudei de hemisfério, me exigiram uma longa aprendizagem. Agora é abril, mas às vezes acho que estamos em setembro. Sei que o verão está para chegar, com suas chuvas e sua umidade, quase o pressinto no vento fresco que às vezes sopra de tarde. E também o pressinto no latido desolado de um cão que chega até mim dos fundos de uma casa, que é o do cachorro dos fundos, em Olivos, que latia quando sentia frio. Estou em Buenos Aires, digo a mim mesma, estou na casa dos meus pais. Não, não fui embora. Está esfriando, é melhor eu entrar.

SOBRE A COLEÇÃO

FÁBULA: do verbo latino *fari*, "falar", como a sugerir que a fabulação é extensão natural da fala e, assim, tão elementar e diversa e escapadiça quanto esta; donde também falatório, rumor, diz-que-diz, mas também enredo, trama completa do que se tem para contar (*acta est fabula*, diziam mais uma vez os latinos, para pôr fim a uma encenação teatral); "narração inventada e composta de sucessos que nem são verdadeiros, nem verossímeis, mas com curiosa novidade admiráveis", define o padre Bluteau em seu *Vocabulário português e latino*; história para a infância, fora da medida da verdade, mas também história de deuses, heróis, gigantes, grei desmedida por definição; história sobre animais, para boi dormir, mas mesmo então todo cuidado é pouco, pois há sempre um lobo escondido (*lupus in fabula*) e, na verdade, "é de ti que trata a fábula", como adverte Horácio; patranha, prodígio, patrimônio; conto de intenção moral, mentira deslavada ou quem sabe apenas "mentirada gentil do que me falta", suspira Mário de Andrade em "Louvação da tarde"; início, como quer Valéry ao dizer, em diapasão bíblico, que "no início era a fábula"; ou destino, como quer Cortázar ao insinuar, no *Jogo da amarelinha*, que "tudo é escritura, quer dizer, fábula"; fábula dos poetas, das crianças, dos antigos, mas também dos filósofos, como sabe o Descartes do *Discurso do método* ("uma fábula") ou o Descartes do retrato que lhe pinta J.B. Weenix em 1647, de perfil, segurando um calhamaço onde se entrelê um espantoso *Mundus est fabula*; ficção, não ficção e assim infinitamente; prosa, poesia, pensamento.

projeto editorial SAMUEL TITAN JR/projeto gráfico RAUL LOUREIRO

SOBRE A AUTORA
Sylvia Molloy nasceu em Buenos Aires em 1938 e viveu nos Estados Unidos por mais de quarenta anos. Doutora em Literatura Comparada pela Sorbonne, lecionou nas universidades de Princeton e Yale e foi professora emérita da cátedra Albert Schweitzer em Humanidades na Universidade de Nova York, onde criou e dirigiu o programa de escrita criativa em espanhol. É autora dos ensaios *Las letras de Borges* (1979), *Acto de presencia* (1996, publicado no Brasil como *Vale o escrito: a escrita autobiográfica na América Hispânica*, 2004), *Poses de fin de siglo: desbordes del género en la modernidad* (2012) e *Citas de lectura* (2017). É igualmente coeditora dos livros *Women's Writing in Latin America* (1991), *Hispanisms and Homosexualities* (1998) e *Poéticas de la distancia* (2006). Publicou ainda os romances *En breve cárcel* (1981, publicado no Brasil como *Em breve cárcere*, 1995) e *El común olvido* (2002), além dos relatos autobiográficos *Varia imaginación* (2003), *Desarticulaciones* (2010) e *Vivir entre lenguas* (2016, publicado no Brasil como *Viver entre línguas*, 2018). Sylvia Molloy faleceu em Nova York, em 14 de julho de 2022.

SOBRE A TRADUTORA
Paloma Vidal, nascida em Buenos Aires em 1975, é escritora e ensina Teoria Literária na Universidade Federal de São Paulo. Publicou romances, peças, volumes de contos e de poesia, entre os quais *Algum lugar* (2009), *Mar azul* (2012), *Três peças* (2014), *Dupla exposição* (2016), *Wyoming* e *Menini* (2018). Seus livros mais recentes são os romances *Pré-história* (2020) e *La banda oriental* (2021). Em crítica literária, publicou *A história em seus restos: literatura e exílio no Cone Sul* (2004), *Escrever de fora: viagem e experiência na narrativa argentina contemporânea* (2011) e *Estar entre: ensaios de literaturas em trânsito* (2019). É editora da revista *Grumo* (salagrumo.com) e tradutora de autores e autoras latino-americanas, como Clarice Lispector, Adolfo Bioy Casares, Margo Glantz, Tamara Kamenszain, Lina Meruane, Silviano Santiago e Sylvia Molloy.

SOBRE ESTE LIVRO

Desarticulações, seguido de *Vária imaginação*, São Paulo, Editora 34, 2022 TÍTULOS ORIGINAIS *Desarticulaciones*, *Varia Imaginación* ©Sylvia Molloy, 2022 TRADUÇÃO Paloma Vidal PREPARAÇÃO Andressa Veronesi REVISÃO Flávio Amaral PROJETO GRÁFICO Raul Loureiro ESTA EDIÇÃO ©Editora 34 Ltda., São Paulo; 1ª edição, 2022. A reprodução de qualquer folha deste livro é ilegal e configura apropriação indevida dos direitos intelectuais e patrimoniais do autor. A grafia foi atualizada segundo o Acordo Ortográfico da Língua Portuguesa de 1990, que entrou em vigor no Brasil em 2009.

CIP — BRASIL. CATALOGAÇÃO-NA-FONTE
(SINDICATO NACIONAL DOS EDITORES DE LIVROS, RJ, BRASIL)

MOLLOY, SYLVIA, 1938-2022
DESARTICULAÇÕES, SEGUIDO DE VÁRIA IMAGINAÇÃO /
SYLVIA MOLLOY; TRADUÇÃO DE PALOMA VIDAL —
SÃO PAULO: EDITORA 34, 2022 (1ª EDIÇÃO).
72 P. (COLEÇÃO FÁBULA)

ISBN 978-65-5525-122-7

1. FICÇÃO ARGENTINA. I. VIDAL, PALOMA. II. TÍTULO. III. SÉRIE.

TIPOLOGIA Abril PAPEL Pólen Natural 80g/m² IMPRESSÃO Edições Loyola, em agosto de 2022 TIRAGEM 3000

EDITORA 34
Editora 34 Ltda. Rua Hungria, 592
Jardim Europa CEP 01455-000
São Paulo — SP Brasil
TEL/FAX (11) 3811-6777
www.editora34.com.br